U0669390
FLORET
READING
小花阅读
我们只写有爱的故事
青春阅读　幸得相见

暖心话题榜

NUANXIN
HUATIBANG

女生宿舍的关系到底有多复杂？

昨天跳跳在头条做了一个话题征集

“女生宿舍的关系到底有多复杂？”

收到很多小伙伴的回复

女生真的是一个很神奇的生物

处得好是“小时代”

处不好是“甄嬛传”

我们一起来看看大家的回答

上一秒因为一件事闹翻
下一秒因为化妆品、“爱豆”
而聊得火爆

@ 天端 Odile

堪比肥皂剧的人物关系

@ 往复依旧

我们宿舍八个人
七个讨论组只为了讨论怎么给
剩下的那个人过生日

@ 烂岚

大学的时候
我们宿舍那真是七个大傻子
天天宿舍特别和谐
笑声不断，上课七个人，逛街
七个人
我手受伤的时候，她们帮我洗
衣服、洗头发、买好吃的
毕业一年了，我们的联系从未
断过，关系依旧特别好

@ 李大豆豆 o

我们宿舍四个姑娘就很好啊
一个海南的，三个浙江的
海南的同学很独立很棒
浙江的同学每次回家都会带吃
的
邀请去家里玩，互相帮忙拿快
递拿饭，一起打扫
大家借钱都马上还从不欠钱
有空就约旅游

@ 磁唯

我住过的宿舍都挺和谐的
就跟自己家一样，没有人斤斤
计较
每周有人拿好吃的来的时候都
放在阳台
吃的时候大家一起，还一起做
面疙瘩汤一起喝酒
当时别的宿舍的人都挺羡慕的
我们宿舍的人也都觉得自己很
幸运

@ 就在幻想中吧

六个人的宿舍会有五个五人群
少的那个人……
没错
这个群就是用来说她坏话的

@AZ

你的前男友有可能变成
你室友的现男友！！
是的，就是这么复杂！！

@段子手朱二

突然莫名其妙不说话
天天一路上课回宿舍
突然就不一起了

@Hhhhuangqin

每天早上 8 点之前出发
晚上 10 点再回宿舍
回宿舍洗完澡就待在自己的床帘里
一句话不要多说
多说一句就会被怼
宿舍不过是睡觉的地方罢了

@DOTE_WANG

拿别人擦脸的毛巾擦鞋
被我看见了，是我很好的朋友的毛巾
就打起来了，后面她还哭得跟什么似的

@格子酱

学芭蕾的
往舞鞋里面放刀片

@ 我没有故事

我睡觉喜欢抱着小熊睡
直到有一天
我从小熊眼睛旁边摸出来一根针

@ 童爷威武

同床的女生喜欢一个男的
他喜欢我
她晚上笑着开玩笑打闹使劲掐我的脖子

@ 我喜欢神经病

半夜不睡觉，语音电话，从不降音
每逢周六日带同学来宿舍
也是讲话讲到凌晨转钟
让小点声还翻白眼

@ 琸沁

没有真正的友谊
只有这段时间和谁好

@ 紫月蓝窗

“大鱼第四届读者节”
鱼多多答读者问（续集）

1、“大鱼第四届读者节”的主题书是《春枝细雨》吗？所有作者都会古装出席签售活动吗？

鱼多多： 对，《春枝细雨》是四周年的主题书。作者们应该都在努力寻找适合自己的古装衣服了，多多也好期待啊！

2、如果不能来现场的读者，还有哪些活动可以参加？

鱼多多： 这次不能来现场的读者也有大大的福利啊，我们将会开通直播平台，放送现场活动的精彩！届时具体直播平台，请随时关注大鱼的官方消息啊！

古风音乐节目啊，作者大大们的精心装扮啊，现场最惊艳古装评选等等活动随时尽收眼底。

3、现场还会有小花作者的招聘吗？

鱼多多： 对，会有的！

目录

但愿有一天，
我们生于平凡，长于安宁，共数有情天。

有情天

文 / 烟罗

在你出现以前，月色昏黄，云霾无缝，我们的父辈以及我们，困在一座座灰秃秃的山头，日复一日为活下去而揪心迷茫。

人的心，是尘埃里最洁净最本真的花朵，无论多么艰难，都暗暗滋生着渴望。

我从来不敢言说，看着那一望无际的黄黑色浊浪怪水时，我竟也能生出那些女儿家的小小温柔心肠。

会有一个英雄出现吗？他长什么模样？

你真的来了，你是这世间的渴望的英雄。

可是，并不是所有的人，在英雄成功前，都相信他的许诺。

你带着跟随你的人，誓要治理好洪水，还天下安宁，但我遇见你的时候，你却累得只剩一身的皮包骨头。

只有那面上一双大眼，如黑夜闪电，亮得惊人，固执得惊人，仿佛一片混沌里，亮出了自己的剑，绝不收回。

你望着我，再越过我，望向我身后那无灯燃起的冷冷村落。

我按住怦怦的心跳，说：你们等着，我给你们去做饭。

这世间事，迈出了一步，便有二步三步，还有永远。

我该庆幸自己的叛逆吗？我忤逆了父亲，忤逆了族人，忤逆了这世间的种种约束。我用我的勤劳为你做饭，为你寻粮，为你探查水路，为你倾尽与燃烧。

你拥我入怀的时候，嶙峋的骨架上已经生出些许有力的筋肉，你力气之大，似乎要嵌我入魂，而我，只幸福地笑着，不言不说。

我们成亲了。

成亲后的第三天，你便要启程。

那山下，浊浪依然滔天，那天空，依然无日无夜，世间灵魂都在痛苦与麻木里煎熬，而你，你不是我一个人的英雄。

我送你离开，我不哭。

你解下腰间荆藤，递在我手，说：终有一天我能让这洪兽退却，还天下安宁，那时我必归来。

好的，我等。

我知道，我其实一直都知道，我会等到怎样的结果。

你走后，我的族人不再忌惮，贫苦的土地开出恶念的花朵，他们驱我出村，嘲笑我，鞭打我，命我在这滔天浊水边守候。

他是骗子，他不会回来，你糟蹋了全村的粮食，你必毁灭。

我怀抱着你给的荆藤，像是怀抱着最后一点你留下的体温，我不愿认错。

信仰是不可认的错误，一旦低头，世间便再无我。

这其实是我化成了石像后，一缕游魂飘在空中，才想明白的道理，而我活着的时候，只是一介为爱痴狂的村中少女，凭一点固执而活。

你终于回来了，你成功了，你成为了全天下的英雄。

洪水退去，奔向大海，世界露出了天空与大地的交界线，不久后，就会有绿油油的青草生长出来，天空里会出现清楚的四季轮转，春天时开美丽的花，冬天时落晶莹的雪。

土地变得温柔，充满新生的芬芳，恶之花悄然隐退，我看到所有人的面上，都是感激而欢乐的笑容。

只有你，你遍寻我不获，你脚步匆忙，一双眼睛如闪电般雪亮。

在我死去的地方，我化成了一块石像，风吹雨打经年，石像已经没有了清楚的模样。

只有我至死紧握在手里的荆藤，和世间万物一样，生出了新鲜的嫩芽，一朵朵鹅黄的小花，像我的衣裙，轻轻向你摇晃。

后来的人们，给这花朵取了好听的名儿，叫作迎春。

春天到来的第一缕温暖，由她而舞，而万花齐放时，她自隐去安然。

我的英雄，你落下泪来，你不要哭。

在湛蓝的天空之上，我很快乐，愿你也一样。

她看见秋阳，看见秋阳中无数飘浮的粉尘，看见书本，看见层层叠叠的书本后藏着的白杨般让人感到美好和温暖的少年。

后来春雨落汴京

文 / 晏生

1.

推杯换盏间，周谅今喝得半醉。

时间接近晚上九点一刻，他放在饭桌上的手机屏幕亮了一下，跳出来的备忘录上显示了几个字——十周年。

被酒精泡过的脑子忽然清醒过来，今天是十周年纪念日，他和祝初晞认识的十周年纪念日。

不顾众人挽留，周谅今踉跄着出了包厢，叫了代驾，半小时后回到住的青曦园，却没上楼，坐在楼下花坛边散散身上的酒气，怕进屋熏着祝初晞。

初秋的风还带着暖意，像祝初晞说话时候温温软软的声音。想到这里，周谅今扯松了领带，低着头傻子似的笑了起来。

左边脸颊陷进去一个浅浅的酒窝。

成熟俊朗的脸上，有了青涩的少年感。

独自坐了一会儿，周谅今再也忍不住掏出手机来，拨了一连串号码。

“喂，初晞——”在酒精的怂恿下，说起话来竟然有点像在撒娇，再过几年，就快三十岁的男人了。

祝初晞似乎也扯着电话线偷偷笑了两声。

周谅今望着楼上窗户口透出来的光，眯着眼睛：“祝祝，十周年快乐！我们认识都十年了……”

祝初晞吼他：“亏你还记得！记得还敢这么晚不回家？！”

“是是是，我错了，祝初晞同志，可以宽大处理给小的一个弥补的机会吗？只要您愿意，一定鞍前马后伺候您！”

“你人呢？”

“在家楼下。”

“那还不滚上来？”

“醒酒呢。”周谅今摸了摸头顶，天上好像掉了滴雨下来，他伸长了腿，特欠揍地说，“媳妇儿，我走不动了，你快下来背我回家。”

祝初晞乐了：“又做梦呢是吧？”

周谅今也笑了。

天空飘下来的雨越来越多，遥远的路灯下，星子一般往下坠落。没一会儿，周谅今身上的衬衫湿了大半。

雨是冷的，浇下来更冷。

他打了个冷颤，站起来一步一步往家走，那里有盏昏黄的灯为他而留，身后落在地面上被拖长了的影子，被大雨浸没。

2.

周谅今认识祝初晞十年，十年前，槭树胡同还在。

那时候，胡同里住着许多户人家。胡同两边种满红叶槭树，每到秋天，就是一道盛景。周谅今每天骑着单车在那里穿梭，车轮从一地落叶上碾过。

祝初晞和她外婆搬过来那天傍晚，周谅今从学校考完数学回来，心情也不错，口哨吹得响亮，校服被风吹得鼓起，书包斜挎在肩上。

直到晚饭的时候听妈妈说起，隔壁搬来了新邻居。周谅今点点头，没把这件事放在心上。

平静无风的秋夜，和以往没有什么不同。

只不过夜里周谅今被渴醒，起床喝水时，听见隔壁隐隐传来歌声。那歌声诡谲，像老电影里的戏腔。周谅今觉得自己八成是听错了，坐在床头屏息凝神侧耳，那声音越飘越远，渐渐消失。

夜里没睡好，第二天上课就没什么精神。

英语晨读，周谅今趴在桌上用本书挡着，就这么混过去了。眨眼到了班主任老姚的数学课，铃声停了之后，他才把盖在头上的校服扒拉下来。

今天班上转来个新同学，老姚用他那把烟嗓在介绍，随后周谅今听到一个好听的女声："大家好，我叫祝初晞……"

周谅今用手掌支着头，目光朝前方望去。

粗汉老姚少女心，每天清晨经过花店都会带一束风信子，半簇紫色半簇白色，插在透明的玻璃瓶里，摆放在讲台的一角。

从周谅今这个角度看过去，鲜艳浓烈的花束就好像别在少女的衣襟上。

他看见秋阳，看见秋阳中无数飘浮的粉尘，看见花，看见花束后如蹁跹掠过秋天湖面的白鹭般的少女。

——她叫祝初晞。

她一步一步走向最后一排，在全班唯一的一个空座位上坐了下来，成了周谅今的同桌。

她拿过他搁在桌面上的数学书，翻开了第一页看了看："哦，原来你叫周谅今。”

她对他笑：“我认识你，外婆说隔壁家在A中读高三的小孩就叫这个名字，放学后一起走吧。”

3.

半个月后，槭树胡同死了第一个人。

冯家的媳妇淹死在附近的池塘里，清晨，尸体浮上水面才被人发现。周谅今和祝初晞一起出门上学，看见胡同里闹哄哄的，还停着警车。

周谅今赶紧带着祝初晞离开，载着她去学校，两个人在路边买油条豆浆的时候，他还是忍不住问：“初晞，昨天晚上你听见有人唱歌吗？”说完纠正，“不，应该说是唱戏。”

祝初晞疑惑地摇头：“没有啊，怎么了？”

周谅今昨晚又听见了那个飘忽的声音，祝初晞和他家只有一墙之隔，还以为她可能也会听到。

“没什么，我就随便问问。”

冯家媳妇不明不白地死了，警察没有发现他杀的迹象，这件事就这样落下帷幕。槭树胡同闹了一阵之后，又恢复了宁静。

周谅今也很快把这件事抛在脑后，一如既往上课下课，度过学校生活。枯燥的高三，随着祝初晞的到来增添了色彩。每天早上迫不及待地打开门，站在隔壁一墙泛黄的爬山虎前，等待里面的女孩出来。

心事微妙，连风也温柔起来。

有天吃晚饭，周妈妈忽然问：“你跟隔壁的初晞走得很近？”

周谅今不明所以，微怔：“怎么了？”

“别走太近。”周妈妈只说了这一句，又给他夹了几筷子菜。

周谅今没看明白她各种情绪交织在一起的复杂的眼神，惶恐、逃避，还夹杂着一点点厌恶，一点点内疚。

高三理科七班。

祝初晞的身份证不知怎么被人翻了出来，引来呼声一片，有人指着她的出生年月日感到不可思议：“居然比我大五岁！”

班上普遍是十七八岁的孩子，唯独祝初晞，今年已经二十二，仍在读高中，多少让人感到诧异。

周谅今从别人手中一把夺回身份证，塞回祝初晞手里，触碰到她汗津津的冰凉的手心。

上课铃一响，切断了这场风波。

祝初晞学周谅今一样把书立起来挡着脸，压着声线问：“你不觉得我很奇怪吗？比你们大这么多……”她低声说话时，嗓音总是软软的，像棉花糖一样。

周谅今心跳得飞快，脸上挂着笑调侃：“你可不就是个奇怪的大姐姐。”

“姐姐，明天请吃早餐吗？”

“姐姐，英语卷子借我参考参考。”

“姐姐，姐姐，姐姐——”

“周谅今，你有完没完！”

两人相视而笑，祝初晞眼睛里闪闪熠熠，心里的烦闷顿时消散。

老师走至两人桌前，警告地看了他们一眼。

傍晚祝初晞留下来值日，周谅今留下来等她。

两人拎着大袋的垃圾去扔，横穿过操场，体育生还在托着铁饼训练，在夕阳下挥汗如雨，像一匹匹负重前行的烈马。

祝初晞看得出神，出声感慨：“这才是青春啊！”

周谅今笑话她：“难道你已经七老八十了？”

祝初晞点头：“和你们比起来，我确实老了呀。”阳光跳跃在她薄如蝉翼的睫毛上，她轻阖上眼睛，挡住刺眼的光，“我十二岁才开始上学，所以比你们晚了五年。”

周谅今听出了她话里的倾诉欲，顺着她的话问下去：“那……十二岁之前呢，你没有上学，在干什么？”

“跟外婆一起生活。”祝初晞避重就轻，答非所问。

周末，周谅今打着借复习资料的幌子，去了隔壁。

是祝初晞开的门，在她家的小院里，周谅今第一次看见了她外婆。头发花白的老太太坐在屋檐下剥豌豆，穿一件旧款的灰布袄子，袖子撸了上去，露出两截枯瘦的长了老年斑的手臂。手臂上戴着银晃晃的镯子，反着光。

周谅今走过去打招呼：“外婆好。”

老太太抬头，灰扑扑的眼睛像蒙着一层尘，随后不冷不热地应了一声。

周谅今一愣，祝初晞把他拉到了屋里：“外婆不太喜欢见生人，你别介意。”

“不会。”周谅今倒不在意。

他其实还想问，为什么这个家只有初晞和外婆，但那些话只是在脑海里徘徊了几次，就沉了下去。

4.

熬到高考前一天，周谅今和祝初晞说好了考完之后要给自己放串鞭炮，庆祝庆祝。

后来鞭炮还没放完，胡同尾的崔家传来一嗓子哭号，差点盖过鞭炮声。

崔家那个瘸了一条腿的崔拐子，用一根麻绳把自己吊死在杂物间里。街坊邻居都知道，崔拐子吃喝嫖赌样样来，最惜命，只嫌一世不够长，不太可能会自杀。

大家把之前冯家媳妇的死和这联系起来，心里打起了鼓。

凝重的气氛再起在槭树胡同散开，如病菌滋生传播，一时间人心惶惶，各种猜测都有。

周谅今记起，似乎昨晚又听到了那个唱戏的声音。婉转的嗓音，凄婉哀戚的调子。饭桌上他问爸妈:“咱们这一片有谁会唱戏吗？”

爸妈都说没有，周妈妈却像想起什么，眼神都变了：“你问这个干什么？”

“我半夜老听见有人在唱戏。”

“儿子你可别吓我，我看你是高三压力太大，高强度复习下出现幻听了。现在考完了好好放松一下，和朋友出去玩都行，别闷家里了。”

周谅今想想也是，转头就去约祝初晞。

六月繁星灿烂的夜晚，少年久久埋藏在心中的种子悄然钻出地面。他看着站在院门前的祝初晞，只顾着笑。

“你笑什么？”

“初晞，明天一起去虚子峰爬山吗？”

“太热了。”

“山里可凉快了。”

“不想背包。”

“我来背。”

“还有水和食物。”

“我来背。”

“不想走路。”

“我来背……你……”

周谅今囧，蛙声和风里飘荡着祝初晞的笑声：“你确定你要背我爬山？”

我确定啊，非常确定。

如果你肯弯腰俯身趴到我背上来，要么我和你一起登顶，要么我累死在半山腰。

祝初晞踢了周谅今一脚：“你骂谁呢！当我是猪吗，背我还能累死你了？”

死寂的槭树胡同里，年轻飞扬的笑声显得朝气又突兀。

5.

高考成绩出来，周谅今上了一本线，报了本地的一所重点大学。祝初晞落榜，决定复读。

她没有表现出多失望，只是说：“再读一年高三，我又老一岁了。”

周谅今拍拍她肩膀：“不老不老，你要是不嫌弃，就叫我哥哥，这样听起来我比较老。”

“不好意思，非常嫌弃。”

周谅今的大学离复读学校很远，他每次都要穿过大半座城市去找她，拎很多吃的，牛奶、水果和零食，复读学校的门卫全认识他。

他跟门卫说：“我家有个妹妹在里面读书，营养要跟上。”

他跟祝初晞说：“你哥哥打零工赚了钱，就想试试能不能把你养胖点。”

祝初晞穿着校服，扎高高的马尾，有点不好意思地朝他笑。笑容稚气青涩，一点也看不出来是混在高中生里的成年人。

周谅今拍脑门，仰着头笑：“得，越长越回去了。”

祝初晞寄宿，一个月才回家一趟，外婆一人在家，反倒是周谅今经常回去看她。

老太太冷漠孤僻，却挡不住年轻人的热情，慢慢态度也有所转变。看周谅今帮忙扫院子和择菜，有时会给他倒茶，偶尔两人也能说上几句话。

周谅今看着老太太挎着竹篮出去买菜，走在路上，那些平日见人就打招呼的邻里与她擦肩而过，甚至有点避之不及的意味。

初晞和她外婆在槭树胡同一直不怎么受欢迎的存在。

周谅今想，为什么会这样呢？难道就因为老太太高冷吗？一次偶然的打听，似乎让他找到了答案。

“槭树胡同这片，有谁喜欢唱戏吗？”

周谅今跟一个上了年纪的爷爷闲聊时，对方含混不清地告诉他，十七年前住在这里的那个叫阮清霜的女人，有一把好嗓子，把《思凡》唱得只应天上有，人间难得几回闻。

“那阮清霜呢？”

“人不在了。”对方避讳地摆摆手，“人不在了，这么多年了，她女儿跟她妈妈居然又回来了……”

周谅今走在路上还在揣摩最后这两句话的意思，离他不到两米的地方，有一道影子从天而降，自高处狠狠跌落，像玻璃器皿砸碎在地上，里面盛着的红色液体迸出，蜿蜒地流到他脚下。

这是槭树胡同无缘无故死的第三个人。

周谅今每每想起亲眼所见的那一幕，胃里翻腾，一阵干呕。

这次死的人叫刘意，是周妈妈的闺蜜，两人关系极好，也常来周家。周谅今始终无法忘记她跌落在地时因恐惧而睁大的双眼。

家里的时钟嘀嗒嘀嗒地走，周妈妈躲在屋里哭泣。

周谅今敲响她的房门：“妈妈，你认识阮清霜吗？”

怎么会不认识，十七年前槭树胡同里人人艳羡的女子，长着一张清丽脱俗的脸，一把嗓子能唱断人肠。

那样美的女子，单身带着一个孩子和老母亲在槭树胡同生活，又怎能不招惹闲话。

阮清霜是烈性子，每一次听见有人嚼舌根，当面就对骂回去了。她漂亮、热情、泼辣、生机勃勃，不知是多少男人梦中的红玫瑰、心尖痣。

十七年前的盛夏，知了嘶哑鸣叫，呼吸间都是燥热。出事那天，是冯家媳妇和刘意联手把阮清霜骗去了崔拐子家。

“阮清霜那样的女人，睡了就好了，睡了她就是你的了。”

“以后她无依无靠，我就是她男人，她不跟我跟谁？”

崔家门窗锁死，阮清霜反抗中看见床底的锄头，摸出来砍到了崔拐子的左腿。他的一条腿，是那时废的。

阮清霜从崔家出来时，披头散发像个鬼，盛夏的日头要把她晒得灰飞烟灭。

她走河边过，脚下打了个滑，沉下去，扑腾两下，就没有了动静，又或许不是打滑，是她故意的。

她还有个五岁大的女儿，叫祝初晞。有个年迈的母亲，是猎户人家出身。

阮清霜回来寻仇了，槭树胡同又传开了。

祝初晞也从学校跑了回来，直往院里冲，外婆端端正正坐在正厅喝茶，眼神平静淡漠。知了叫个不停，和十七年前的盛夏一模一样。

这次警局派来查案的人手多了一倍，势必要把案子破了。陆陆续续有人过来，找街坊问话打听情况。

再过几天就到高考，周谅今怕祝初晞受这事影响，总过去陪着她。高考两天，他也守在考场外，和校门外无数等候的家长没有差。

祝初晞考完出来，看见外面站在拥挤人潮中的少年，愣在原地，迟迟不动，眼睛里不断分泌出滚烫的眼泪。

“周谅今，你会一直陪着我吗？”

“会。”

“你会永远照顾我吗？”

“会。”

“那你会娶我吗？”

“会。”

那天他们沿着一路树荫，慢慢走回家，同一时间里，祝初晞的外婆去警局自首了。作案手法，作案时间和目的都交代得一清二楚，然后在警局服毒自杀。

简单的葬礼上，前来凭吊的人寥寥。

惨烈的往事告一段落。

同年祝初晞考上了周谅今所在的大学，他们顺理成章地交往，陷入热恋。

周妈妈知道以后，反对过，但见周谅今坚持，也不再说什么。只是当每次提起祝初晞时，她脸上写满隐晦的愧疚。

周谅今浑然不觉。

6.

他们第一次吵架，是因为一件鸡毛蒜皮的小事。

周谅今因为社团活动，看电影迟到了五分钟。祝初晞撕了电影票扔他脸上，转身走了。整整一晚上，周谅今联系不到人。

有了第一次，很快就有第二次，第三次，第四次，第无数次。

无缘无故地生气、闹脾气、砸东西，周谅今忍了忍，把预备摔门而出的祝初晞截住，他抱住她，让她冷静下来，声音隐忍："我哪里做得不好？"

手指掐进掌心里，祝初晞反问他："我是不是很烦？"她眼中充满倦意和疲惫，自言自语地呢喃，"我这么会这么烦……"

他们一起生活了两年，所有的一切都那么契合，裂痕却在无声无息中产生，可周谅今连弥补都无从下手。

他不明白哪里出了问题。

他背得出祝初晞的课表，每天按时接她下课、去食堂、回出租屋。她给他织围巾，长长的暖暖的毛线，好像把他的心也这样缠住。他努力学习和工作，想毕业之后给她最好的生活。她会做他爱吃的菜，两个人一起下厨时戴着情侣款的围裙。他恶补她喜欢的所有电影，想要离她更近，想要懂她的敏感和心情。她定期买篮球杂志，在杂志夹着花和情书，一起递给他。

他以为他们是注定会在一起的，天长地久那么虚无缥缈的东西，他这个理工科男生却笃信不疑。

可祝初晞看着他，看着面前的这张年轻的、鲜活的脸，闭上了眼睛。

她说："周谅今，不要再出现在我面前。"

她说："周谅今，我恨你。"

为什么会恨呢？

明明那么相爱的人啊！周谅今不明白，连心都可以亲手捧着送到她面前啊，她为什么会恨他？

那个他爱到不能自已，恨不得一夜之间与她携手共白头的女孩，为什么要恨他？

那年他在数学课上抬起头，看见秋阳，看见秋阳中无数飘浮的粉尘，看见花，看见花束后如蹁跹掠过秋天湖面的白鹭般的女孩。

那个女孩现在离开了他。

7.

冯家媳妇、崔拐子、刘意……与当年阮清霜的死相关的人，其实还差了一个，周妈妈。

阮清霜不慎滑入河中，扑腾着喊救命时，怀着孕的周妈妈从岸边经过。她只犹豫了一秒，便决然走开，没有叫人来帮忙，她是把阮清霜推向死亡的最后一只手。

五岁的女童目睹了所有，她跑着赶过来，阮清霜已沉入水底。

人性有多恶。

当幼童亲眼看见母亲溺亡，旁人无动于衷，恨意在那时已经种下了。那时她不知道，那个女人肚子里的孩子长大以后，会变成她一生之中最爱的人。

——“十二岁之前你没有上学，那你在干什么？”

她跟着外婆不得已住在西街最乱的那一带混生活，在那里生命低贱，如蝼蚁，被碾碎，被践踏。

她学会了各种生存技能，如何在最短的时间内解决危险，如何让你讨厌的人在你面前露出恐惧，如何让脆弱的生命转瞬消失。

她学会了唱戏，如阮清霜一般。

她刚搬回槭树胡同，每次动手杀人之前感到焦虑，总要轻轻唱几嗓子，没想到却被周谅今听见。

对往事一无所知的少年望着她笑，灿烂中透着天真的笑颜，散发着那个年纪特有的朝气。

他每一次对她笑，她就拼命控制心里的魔，她想，她不能伤害他的亲人。

那是他的妈妈，周谅今的妈妈。

外婆主动替她顶了罪，一切仿佛尘埃落定。那时候祝初晞已经开始服用抗抑郁的药物。

她常常被药物的副作用折磨，彻夜失眠，无法缓解的头疼，有时产生幻觉。她变得十分易怒。

面前的周谅今常常触动她最敏感的那根神经，她渐渐害怕面对他，于是找各种理由无理取闹地与他争吵，借此躲开他。

祝初晞离开周谅今的那一个月里，住在教堂。

一个月后，她在纸上陈述了自己所有的罪，选择了和外婆同样的方式结束了生命。

那一阵，她停药之后，在压抑的痛苦中想起与周谅今在老姚的数学课上的场景。

她说，我叫祝初晞。下面最后一排的座位上，有个男孩抬起头来看她。

那一瞬间，祝初晞闻到了微风朝阳中风信子的花香。

闭上眼睛的时候，好像又回到那一天。

她看见秋阳，看见秋阳中无数飘浮的粉尘，看见书本，看见层层叠叠的书本后藏着的白杨般让人感到美好和温暖的少年。

她因他懂得爱，因他懂得隐忍恨。

因他而慈悲，因他而明白生命可贵，并不轻贱。

因他回头着岸。

8.

周谅今打开门，对空荡荡的屋子轻轻说：“初晞，十周年快乐。”酒意全消，他瞬间清醒过来。

十年了，后来春雨落汴京，只君一人雨中停。

满室寂静的空气，无人应他。

听说每一只在大海死亡的鲸，最终会回归大海的最深处，在那里，重新开出花来。

鲸落

文 / 狸子小姐

一

陈睿看着眼前的女孩，厚厚的病历本拿出来足足可以和他桌上的工具书匹敌，而她的包里还有一沓等着拿出来。

“算了，不用了。”他无奈地打断，随手拿起一本，瞄了一眼时间，三个月前，问，“这里不是让你直接住院安排手术吗？”

“我逃了。”女孩说得理直气壮，丝毫不觉得事情的严重性。

“那你现在为什么还来找我？”陈睿一向认为自己的自控能力还可以，可眼前的女孩，总是可以轻飘飘地击溃他的耐性。

女孩笑着，天真地说：“因为你长得帅啊。”

陈睿死抿着唇才不至于猛地蹦出一句粗话来，这是他工作这么久来，第一次被一个患者折腾成这样。

为了不至于最后败得片甲不留，他决定把主动权交到对方手上：“那你是准备直接住院，还是等我安排好手术时间再过来？”

“给我开些止痛药就好，我不是很喜欢医院。”她漫不经心地说着，顺便提醒了一句，“不要上次那种，已经没有什么作用了。”

陈睿告诉自己尽量放轻松，至少应该保持该有的风度。

明明病情已经严重到片刻都不能耽搁，可她却轻描淡写地只要止痛药。

他知道作为医生，应该劝面前这位患者冷静下来，接受医院给的最合理的安排，可当他直视她的眼睛时，忽然觉得似乎没有那个必要。

她好像比他更清楚自己的病情，如果所有药都能在药房买到，她或许连医院的门都不愿意进。

“那今天打点点滴可以吗？”

陈睿觉得自己还是问仔细些，他并不想和任何一位患者产生任何误会。

“可以。”

见她同意，陈睿这才在病历本上写下该用的药品名以及用量。

只是在他写完后，女孩似是猛然想起，笑着说：“陈医生对吧？

把你电话给我吧。”

陈睿不确定地看着眼前的女孩，被患者这么直接地问电话号码，还是第一次，而她眼里轻佻的味道，让他有种被戏弄的错觉。

对面的女孩耐性并不高，见他半天没反应，直截了当地解释："解释一下，我只是想万一我要投诉你之前，应该先听听你的解释。"

不可理喻，是的，她简直就是不可理喻。

明明应该是愤怒的，可是看着她弯着眼睛，笑容甜甜时，他居然真鬼使神差地在病历本上加了一串数字。

“谢谢。”她好像很满意，小心地收好病例本，又补充了一句，“对了，我叫余琼。”

“我知道。”

她是他的患者，他怎么可能不知道她叫什么，不过她并不介意，背上包，踮着脚不慌不忙地离开。

陈睿看着她轻巧的步伐，哪里有半点患者的样子，如果不是各项检验显示，如果不是一张张拥有科学的 CT 图像，他怎么也不会相信她已经病到就算手术也只是在短暂延长生命的地步。

真是一个奇怪的女孩。

这是陈睿在最后得出的结论。

不过很快，她的话好像就得到了应验，他不过是去病房转了一圈，就看见她半靠在床上，一边吃着零食，一边插着耳机在看电视。

这些都不是陈睿注意的，他注意到的是她点滴的速度，已经超过了一般人能够承受的太多，而她的手背，显然不堪重负地肿了起来。

陈睿还从来没有看过这么不把自己当回事的人，要知道，病成这样的，要不恨不得天天住在医院，每天上好的药养着，就算再不矫情，也会听从医生的安排，像她这样肆意妄为的，还真少见。

“你知道自己在做什么吗？”

陈睿向来不喜欢多管闲事，只是不知道为什么遇到她，一切就变得有些不受控制。

余琼看着陈睿自作主张调慢点滴速度，谈不上生气，却是漫不经心地问：“陈医生，想不到你除了会看病，还会多管闲事啊。”

“你是我的患者。”

“就算是那样，我好像也有自主权吧。”余琼淡淡地提醒。

陈睿从来没有遇到过这样的患者，却依旧礼貌地解释：“从你踏进我办公室的那一刻，就已经将自主权交到了我手上。”

“还真是自以为是。”余琼别过脸，小声嘀咕。

“自以为是也比你强，我是无权要求你一定要进行治疗，可连你自己都放弃自己，那是对你自己的不尊重。”

余琼冷哼一声，直接拔掉手上的针头，起身准备离开，她并不喜欢听别人说教。

“你去哪儿？”陈睿问道，伸手拉住她。

“去收回放在你那儿的自主权。”说着看了看他抓着她的手，“我这人向来斤斤计较，你再这样，明天就等着收到我的投诉吧。”

陈睿也不知道自己当时是为了什么，只是当她准备离开的时候，不知道从哪儿冒出了一股傻气，非要去将她抓了回来，甚至是将她按在病床上，重新插上针头，而且防止她闹事，手紧紧地抓着她。

结束后，余琼看着他的眼神恨不得将他生吞活剥，愤愤地警告:“我一定要投诉你。”

二

陈睿倒不以为她只是随口说说，毕竟她离开时的那个狠劲，他现在还能想起来。

可，他看了看日历，过去了三天，除了申请了许久的职称也评了下来，投诉的事情，根本就没有过。

他居然有些期待着有什么发生，日子都像是被打乱了似的，连他都被自己的想法吓了一跳。从那天算作第一天开始计算，第十五天，她终于打了电话过来。

终于？他不由得一愣，没想到自己竟然有着隐隐的期盼，似乎这件事情，让他等待许久。

“陈医生，我现在报个地址，你会过来吗？”

说话的语气还是那么不可一世，可陈睿还是从细微的信息中，察觉到她现在的情况。

他没有记错的话，他上次开的药只够一个星期，就算她不是天天按时吃，就她身体的疼痛频率，那些药也该吃完了。

“地址，把你的地址给我！”连陈睿都没有发现，那个意识冒出来之后，他说话的语气都有些慌乱。

得到地址后的他，甚至忘记了，那只是自己会过一次诊的病人，甚至半个月前，还说要来投诉他的病人。

马不停蹄地去了她家，火急火燎地将她带到医院，甚至担心她不喜欢医院，而带着药将她送回家。

这一系列的过程，发生得那么自然，那么真诚，甚至不可思议。

在回去的车上，陈睿才渐渐冷静下来，吃了止痛药的余琼，显然舒服了很多，就连说话都有精神了些。

“陈医生，你还真是古道热肠。”

“嘲讽我？有了点力气就开始嘲讽我？”陈睿显然也意识到了自己的冲动，连连逃避着她的直视，装作投入地开着车。

余琼倒是来了兴致，干脆开着玩笑地问：“你完全可以不理会我的电话，可是你居然真的来了，不会是喜欢上我了吧？”

陈睿看了一眼旁边因为生病而瘦到脱了形的女人，喜欢？他就算是再没眼光，应该也看不上她吧，可是被她这么一问，他居然有些慌乱。

“你到底知不知道自重？”陈睿眼神躲闪地逃避着。

“可是我喜欢你啊，如果因为这些而别别扭扭地错过了，岂不是很可惜。”

大概是被她的话给刺激了，一串刺耳的刹车声，以及强大的冲击力，昭告着陈睿方才那一瞬间的慌乱，他难得坏脾气地瞪着她，警告道：“你要是再说一句话，我保证把你扔下去。”

就是这个样子，在上次的病房吓住了余琼，在今天也是。

她只得听话地闭上嘴巴，却还是用眼睛委屈地控诉着，最终无奈地埋下头，心里却又像是抹了蜜糖一般，甜甜腻腻的。

陈睿觉得遇上她之后，自己变得有些不可思议，明明只是见过一次面，还闹得不愉快的人，可当想到她可能有危险的时候，心脏会紧张得突突直跳。

“不是说要去投诉我吗？”在给她输好液之后，大概是觉得这个干巴巴地坐着有些尴尬，陈睿忍不住先开口。

余琼想了想，认真地说：“忽然不想了。”

对于她的话，陈睿倒是不觉得奇怪，就凭这两次的相处，还是能够简单地判断她的性子，所以从她嘴里说出什么话，都是正常的。

等着输液的过程中，两人叫了一次外卖，大概是因为身体的原因，她吃不了多少，可还是在拼了命地吃。

看着她跑去洗手间吐的时候，陈睿不由得皱起眉头，教育道：“吃不下又何必勉强自己。”

“你不懂。”缓得差不多，余琼才转过头解释，“好久没有人和别人一起吃饭了，而且，那么好吃的东西，一定要在还能吃的时候多吃一点。”

听着这些，陈睿心里莫名一揪，连呼吸都变得有些困难，他是心疼的，心疼她这种年纪，应该时如花般绽放的时候，却背负着那些。

“你为什么不喜欢医院？”

陈睿觉得自己这个问题很多余，应该没有人会喜欢医院吧，那里能够救死扶伤，却不可能起死回生。

余琼半靠在沙发上，若有所思地挑了挑眉：“真想知道？”稍稍停顿后，笑着说，“以后告诉你。”

此后一连着好些天，陈睿得空都会赶过去看一眼余琼。

他也不明白自己为什么忽然这么热心起来，身为医生多年的他，应该早就看惯生死的，只是不去的话，心里居然会有些不安。

而他和余琼的关系，应该也是在那个时候开始变得亲密起来的吧。

那段时间，他们有时就是待在公寓，叫外卖吃一顿，或者偶尔，余琼精神好，会去楼下的小区散散步。

但大多时候，她只能闷在房间，没日没夜地开着电视，却又不知道看什么。

身体的疼痛，会折磨得她没有办法睡着，那时候，陈睿一定会接到她的电话。

“陈医生，明天陪我逛街吧。”

现在是凌晨一点，陈睿刚刚结束一台紧急的手术，接到她的电话，他下意识地看了眼时间。

“睡不着？”他问。

“没有，就是有点想你了。”余琼巧笑着，但是陈睿能够听说她声音里，细微的隐忍。

“瞎说什么！”虽然经常听到她这样胡言乱语，可陈睿多少还是有些不习惯，下意识纠正，然后直入正题地问，“明天什么时候？”

他没有说，他正在值班，而且按照现在的情况来看，这一个晚上都不能休息。

余琼好像没有想到他会答应得这么干脆，愣了一下，才笑嘻嘻地说：“你应该知道，我随时都在等你啊。”

“又开始乱说话。”陈睿无奈地摇着头，半哄半安慰地说，“先睡吧，明天精神不好我可会反悔的。”

“陈医生，再见！”余琼显然也没有一直打扰的意思。

“再见！”

相熟的同事见他这样，忍不住小声感叹："陈医生最近有些不一样了？"

不一样？陈睿下意识地皱起眉，回想自己到底哪里不一样了。

旁边的同事已经开口解释："变得亲和了。"

是吗？陈睿笑了笑，问："我以前很不近人情吗？"

忽然想起之前有人还嘲讽他多管闲事、古道热肠，忍不住摇了摇头，他最近好像确实变得多管闲事了些。

三

陈睿一大早下班，倒是没有急着去接余琼。

这种时候，她应该刚刚睡下，他正好也需要回家整理一下，一整晚的夜班，并不轻松。

去接余琼的路上，他顺便买了两份早餐。

余琼今天穿得很漂亮，嫩黄的短裙穿在她身上难得合身。

她显然看出了陈睿眼神里的意味，笑着问道："好看吧？"眼神里带着浓浓的喜悦。

"嗯。"陈睿笑着点头。他没有敷衍，今天的她，在他眼里，真的很好看。

她瘦弱的身体已经很少能够买到合适的衣服了，以前的打扮，常常都像是偷穿了大人衣服的小孩，说不出的不对劲。想到这儿，陈睿心里好像被什么猛地一撞，有些难受。

早餐是在小区附近买的，余琼看上去好像很喜欢，将满满的一大份全吃了。

“这两天身体还好吧？”陈睿看她这样，下意识地问。

他很少会问这些，余琼的情况他一直都有关注，也一直都有让她检查，具体情况他再清楚不过，只是不知道为什么，心里竟然还是抱有一点点侥幸，希望能够有奇迹出现，毕竟是个这么率真的女孩。

“昨天晚上确实疼得有些难受，不过后来睡了一觉，已经好了不少。”余琼明显一愣，却还是老实地回答。

陈睿没有继续追问，相处下来，对余琼也算是有些了解，自然也就知道，她其实一直在关注自己的病情，而他没有必要一再提醒。

余琼的兴致好像很高，从坐上陈睿的车开始，就一直说个不停。

“陈医生，你昨天晚上不会是在值班吧？”

大概是察觉到身边还有一个人，余琼自言自语好半天之后，终于将话题引到了他身上。

陈睿坦然承认：“还好，接完你电话就在休息室。”

“哦……”余琼似乎回味了一下其中的意思，意味深长地点了点头，才继续问，“那你有多久没有这样出来逛街了？”

“我不喜欢逛街。”陈睿老实地回答。

余琼倒是毫不介意，笑着附和："其实我也不喜欢。"语气里夹杂着几分无奈，情绪有那么一瞬间的低落，"不过啊，最近总想去体验一下，好像还有很多事情都没有经历。"

陈睿自然明白她话里的意思，下意识地微微转了转头，最终却还是什么都没有再说。

他向来不会安慰人，更重要的是，现在这样的情况，好像说什么都有些多余，那些情况，余琼自己清楚，他也清楚，那些看似正面的宽慰，在这里反而变成了嘲讽。

照着余琼的要求，陈睿将车停在了市中心。

到了市中心，余琼反倒是安静下来，不吵着去吃东西，也不急着去买什么，就那么看似漫无目的走着，偶尔和陈睿说几句话。

陈睿不会主动找话题，却是会回答，也不嫌她啰唆，也不闲累人，就那么跟着。不过，就余琼的那点体力，好像也轮不到他觉得累。

果然，没走多久，余琼就提出要去临近的一家咖啡馆坐坐。

两人在里面点了点甜点，余琼很喜欢吃甜食，可却因为她的病情，陈睿并不是很同意她吃，不过今天，看余琼的兴致，陈睿倒是没有拦着。

一整天，两人去看了一场正好上映的电影，陈睿睡着了，吃遍了所有想吃的东西，余琼吐了两回，去了几间正好上新的服装店，却是一件衣服都没买。

等两人晚上回去的时候，余琼已经累到根本走不了路，懒洋洋地趴在陈睿的背上，嘴却还是没有停。

“陈医生，我今天很开心。”

陈睿没有接话，就这么安静地听着，因为就算他不什么都不说，余琼也能一直说下去。

将余琼送回家，帮她烧了水，看着她吃了药，才准备离开。

“陈医生，等一下！”

嗯？陈睿疑惑地回头，揣测着她还有什么要说的。

余琼含着笑走过来，身上那件嫩黄色短裙已经换下，宽松的家居服艰难地挂在她身上，她倒是没觉着有什么不好，用从未出现过的认真眼神看着陈睿，果决坚定地问：“陈医生，我可以吻你吗？”

陈睿明显一愣，一时间不知道怎么回答。

“或者，你可以吻我吗？”余琼看着他，似是请求。

这样的情况，放在平时，陈睿一定黑着脸说上一句“神经病”后甩手走人，甚至从此和那个人断绝联系，可是，为什么这样的事，放在余琼身上，他忽然就不知所措了。

他应该怎么说，拒绝，显然他开不了这个口，可同意？怎么能够同意呢，他怎么能够跟着余琼一块胡闹。

在他眉头紧锁焦灼时，余琼已经毫不介意地收回目光：“和你开玩笑呢，瞧你紧张的，再见。”

陈睿看着她，张了张嘴，好半天才挤出两个字："再见！"

不知道为什么，在她解释只是开玩笑的那一刻，他心里竟然有那么一点隐隐的失落。

这样的想法，还真是该死。

四

哪怕早有预料，可是当余琼半夜被紧急送到医院的时候，陈睿心里忽然像是被人灌上了辣椒水，火辣辣作痛，痛到心脏揪在了一起。

难怪前几天大晚上会打电话说要去逛街，难怪会莫名其妙地问那样的问题。

余琼醒来已经是半夜，整个科室的医生忙了好一阵才让她的情况稳定了下来，那具残破的身体，已经支撑不了多久。

"居然醒过来了。"余琼看着守在自己病床变得陈睿，状似轻松地说，因为药的原因，其实余琼并没有什么精神，完全靠硬撑着。

陈睿闻言，匆忙抬起头，看着余琼，纠结着，最终却什么都说不出口，病危通知这样的事情，宣布起来，总是那么折磨人。

"那个……"

"我知道你要说什么，我知道，我知道的，陈医生。"她费力地打断他，“不过，老天爷对我好像也还不错，至少病成这样，还有人在病床边守着。”

“你……”陈睿忽然有些懊恼自己的不善言辞，以至于在这种情况下，他完全找不到任何措辞。

“陪我坐一会儿吧。”余琼倒是不介意，微笑着，只是脸色惨白，应该是很难受的。

“嗯。”陈睿点头，动手加重了药量，将床调到合适的位置，才坐下来，认真得像是听课的学生。

“陈医生，你这人吧，其实无趣得很。”

让他陪着坐一会儿，他就真的只是干巴巴地坐在那儿。

“嗯。”陈睿倒是不否认，他出身医药世家，爷爷是著名的中医，父亲亦是外科专家，而他现在也在外科崭露头角，从小陪着他的，除了满屋子的中药，就是一本本厚得可以砸死人的工具书，怎么可能有趣起来。

“我了解的那些，你应该也不会喜欢听。”陈睿坦诚地解释。

“所以，我才不喜欢医院，因为这里的人，要不油嘴滑舌，要不古板无趣。”余琼扁着嘴评价。

“抱歉！”

被他这么一说，余琼倒是没了兴致，干脆半闭着眼睛上眼睛，不再说话。

不知道过去了多久，余琼忽然没头没脑地问了句：“陈医生知道鲸落吗？”

陈睿今天不用值班，就一直守在她旁边，这会儿被她一问，猛地抬起头，正好对上余琼的眼睛，心弦一颤，脸上却还是不改平静，诚实地摇了摇头：“你说吧。”

“那可是个很美的风景呢。”余琼感叹，眼睛亮闪闪的满是喜欢，大概是想换个姿势认真地说，最后却只能微微偏了偏头，对着陈睿。

“听说每一只在大海死亡的鲸，最终会回归大海的最深处，在那里，重新开出花来，而那一过程，被科学家们称之为鲸落。”

余琼由衷地笑着，一改平时笑容里的轻巧，反而看得陈睿胸口闷闷的，只听见她说：“所以陈医生，死亡带来的未必是结束，也许是另一个开始。”

“这就是一直不愿意接受治疗的原因？”陈睿也不知道自己为什么会忽然有些愤怒，不，不是愤怒，而是难受，用愤怒来掩盖的，浓浓的难受。

余琼被他吓了一跳，稍稍平复之后，认真地解释：“我有配合治疗的，我一直很积极地在配合治疗，一台接着一台的手术，永远吃不完的药，甚至不知道这次推进手术室还能不能出来的日子，我经历了整整三年。”

“可是，最后还是没有把我从死神身边拉回来，你说是不是我太美了，他老人家看上我了呢？”

“对不起！”陈睿埋下头，深深地愧疚着。

余琼倒是不介意，反而笑了起来："真是遗憾，怎么就没有把你追到手呢。"

"嗯？"陈睿听得一愣，反应过来她又在拿自己找乐子，却难得没有纠正，"那你要不要现在追追看？"神情认真。

余琼似乎没料到他会这么回答，半天说不上话来，过了好半天，才说："算了吧，太累了。"

陈睿眼里的失落一闪而过，安慰道："那就睡会儿。"

余琼点了点头，缓缓闭上的眼睛在下一秒忽然睁开，直直地看着陈睿："陈医生，你会记得我吗？"

陈睿本来已经准备离开的身形一顿，转过身来，笃定地点了点头："会的。"

"会一直记得吗？"余琼不放心地又问了一遍。

"会的。"

听到这个回答，余琼说了一句"真好"，满意地闭上眼睛。

陈睿不知道怎的，忽然像是被冻住了似的，愣在那儿半天，最终柔声说了一句："余琼，再见！"

余琼没有回答，若不是那微微颤抖的睫毛出卖了她，就似真的已经睡着了似的。

余琼是在半夜离开的，前一天下午她说什么都要离开医院，她说，她一点都不喜欢这里，觉得难受。

陈睿没有坚持，帮她办了出院手续。

他也是后来才知道余琼之所以这么不喜欢医院是因为她父母，他们因为车祸，同时离开了她，而那时候，她才不过是个十几岁的小丫头，一个人在医院傻愣愣地坐了一个晚上。

从那个时候起，她就一点都不喜欢医院。

按照事先约好的，她的遗体捐赠了，甚至连个像样的葬礼都没有办。

余琼说，她也不要那些，这样，就可以当作，她只是离开了，离开，去了很远的地方。

只是看着余琼被带走的时候，陈睿觉得胸口的某个地方，像是缺失了一块，扯得有点儿疼。

和余琼认识的时间，从那次看诊开始，不过几个月，可怎么会忽然觉得这个人，很重要，重要到有那么一丝丝的舍不得。

他后来特地去查了鲸落的意思，原来一只死亡的鲸，坠入深海后，可以养活了海底几十种生物，在那里创造出另一片生机勃勃的世界。

明明斩钉截铁地说，不喜欢别人在自己身上动刀子，可最后，却还是将自己献给了研究。

真是一个奇怪的人。

陈睿再次笃定地总结。

可是为什么，他居然开始有点想她了。

会记得她吧，会的！

会一直记得吗？会吧！

她第一次觉得自己落魄到了极致，在这个老旧的楼道里简直无处遁形。

暮雨潇潇

文 / 鹿拾尔

一、

罗潇是被一阵沉重的敲门声吵醒的。

声音很大，明明隔着好几扇门，还是清晰地传到了罗潇的耳朵里，刺耳得紧。

她有些困倦地翻了个大白眼，烦躁地掀开被子，再一次在心里咒骂了罗成功一遍。

罗成功是她的父亲，年近四十，单身至今。

虽然名为成功，他这四十年来，却没干过任何一件成功的事情。

最近这几个月来，他每天的工作就是穿得体体面面的，然后揣着一盒保健药和一摞名片去做推销。说得通俗一点，他是个卖假药的，通过坑蒙拐骗说漂亮话赚老头老太太的钱。

他之所以能屡屡得手，罗潇曾替他总结过，一是因为他长得诚恳老实，二是因为他极度自信，真名和地址都清清楚楚地印在名片上，每次他都拍着胸脯信誓旦旦地说，有问题就直接去他家里找他。

作为一个读书人，罗潇很看不惯罗成功的这种行为，吐槽他迟早被警察抓。可罗成功却言之凿凿地说，自己的药包治百病，即便治不了也绝对害不了人的，说得多了，他自己都信了。

能不能治百病罗潇不知道，她只知道，自从罗成功开始迷上卖这款保健药后，家里便时常被购买了药物的老头老太太的家属砸门，大骂罗成功是骗子，家中老人吃了药一点都没好转，吵着闹着要罗成功退钱。

拆开了包装，药也吃进了肚子，罗成功自然无法退钱。这药罗成功卖得本就便宜，赚的都是些小钱，再说只是普通的保健品，吃不出什么毛病来，自然也就没人费这个劲去警局举报他，最后往往不了了之。

可来砸门的人多了，不仅闹得下了课的罗潇不敢回家，还扰得附近邻居苦不堪言。

这不，这是罗成功带着她搬的第二回家了。

罗潇磨磨蹭蹭地停到了门口，透过猫眼只看到外面站着一个清瘦的男子，光线很暗，看不清他的模样。

罗潇清了清嗓子，问：“谁？”

外头传来一个年轻的男声：“请问是罗家吗？”

罗潇心一紧，暗道不好，多半又是被家属找上门来了，她换了副粗壮的女声嗓音：“你找错地方了，这里没有姓罗的。”

外头沉默了半晌，再度出声。

“请问是罗潇吗，我找罗潇。”

二、

破旧阴暗的楼道里贴满了小广告，不灵敏的感应灯一闪一闪地苟延残喘着，对面门口还堆着好几天前没来得及处理的垃圾，无一不在彰显着这个居民楼的老旧，好似只要一张口说话就能被呛一嘴灰尘。

罗潇有些尴尬，扯了扯自己皱巴巴的睡裙，有些后悔自己为什么没有事先刷个牙：“你……你找罗潇？确定不是找罗成功？那个四十左右矮矮胖胖的罗成功？”

对面那男人被她逗乐了，好看的眼睛弯了弯：“你就是罗潇？”

罗潇偷眼打量着他，脸唰地红了，她素日里大咧咧惯了，此刻却淑女得不像话。她暗骂自己不争气，小声说“是，我就是罗潇。”

那男人扬了扬手中几本薄薄的教材，朝她友好地伸出手：“你好，我叫阙暮雨，或许，你可以称呼我为阙老师。”

阙，这个不多见的姓氏，是他离开后，罗潇翻了字典才查到的。

晚上，等罗成功回来来后，罗潇便抱着字典，兴师问罪地问起了阙暮雨的事。

罗成功坦然地承认了阙暮雨是他找来替罗潇补习的补习老师。

罗潇成绩不太好，一直吊儿郎当没把学习当回事。小学升初中，初中升高中每次都是堪堪踩着分数线考上学校，在班级的成绩也一直吊车尾。这次要考大学了，罗成功急得不得了，一直有请家教的想法，也跟罗潇说过无数次，只是罗潇从没想过，罗成功会将其落到实处。

罗成功语重心长地说："潇潇，明年你就要高考了，可不能再贪玩下去了，老爸还指望着你考个好大学找个好工作，等着日后享清福呢。"

罗潇打断了他的絮絮叨叨，不客气地问："罗成功，你老实说，补习费不便宜吧？钱哪里来的？"

罗成功对她的直呼其名早已习惯，他眉飞色舞起来，说是最近新认识了一个投资方，看中他这款药的前景，声称要与他合作，将药大肆生产投入市场。这不，先预支了他一部分钱，只等过几天签合同了。

罗潇越听眉头蹙得越紧，她不是很耐烦地打断了罗成功的沾沾自喜，担忧道："天上掉馅饼？哪这么好的事？你别不是被人骗了吧？"

罗成功眼睛一瞪，看不出严肃反而有几分滑稽。

“这你就不懂了，人家这是看中了大好商机，眼光好着呢。”他一拍大腿，“这还不止，上个月碰到一个老太太，人特好，一挥手就买了好几千块钱的药……”

罗潇劝不动他，也懒得再听他吹牛皮，摆摆手回了房间。

她恨铁不成钢地想，罗成功迟早会被警察抓进局子里。

三、

阙暮雨说他是本市重点大学的大二学生，利用暑假来赚点零花钱。

罗潇掰着指头算了算，自己要是能考上那所大学，那阙暮雨正好读到大四，还没毕业。这么一想，她心情莫名有些荡漾起来。

“哎，你们那所学校分数线多少啊？好不好考？”趁着阙暮雨低头检查她作业的空当，罗潇暗戳戳地问。

阙暮雨停了一下，淡道：“哎什么哎，叫老师。”

罗潇嘴巴翘了起来，这人，只要一开始讲课就这么严肃。

她乖乖应了句：“阙老师。”

虽是如此，她还是在心底直呼他名字：阙暮雨阙暮雨阙暮雨。哼，你能拿我怎么样。

像是察觉到了罗潇不高兴的情绪，阙暮雨将检查完的错题圈出来给罗潇看，给她讲解完之后，还是回答了她的问题：“以你的资质，只要这一年好好学习，十有八九是可以考上的。”

罗潇眼睛唰地全亮了。

阙暮雨笑笑，拿笔敲了敲她的头。

“好好学习吧小罗潇。”

罗潇吃痛，皱了皱鼻子，也不生气，笑眯眯地应：“哦。”

阙暮雨好像并不好奇罗潇家住着这样简陋老旧的房子，却有钱请得起家教这回事。他不问，罗潇自然也不会去扯这个话题，免得尴尬。

可当小房间的灯泡在艰难地闪烁了几下，最终还是不甘心地熄灭了后，两人陷入了黑暗的同时，也陷入了沉默。

家教时间是每周二周三的晚上七点到八点半，外头黑漆漆的，客厅的灯老早就坏了，罗成功一直嚷着要维修却一直没有时间。

“要不，今天就到这里吧？”罗潇提议。

阙暮雨想了想，问她：“你家有没有备用灯泡？”

阙暮雨不仅将她房间里的灯泡换了，还顺带将客厅里的灯泡也给换了。

灰暗的客厅亮了起来，阙暮雨的视线在看到堆在角落里那一盒盒保健品时，微微闪烁了一下。

终于不用活在黑暗中，罗潇心情好得不得了，她笑嘻嘻地对阙暮雨说：“我该怎么感谢你？要不留下来吃个夜宵吧？我下厨。”

“你还会做饭？”阙暮雨有些惊讶。

罗潇拍拍胸脯：“那可不，罗成功……我爸他可喜欢吃了，他每天回来得很晚，我都会做宵夜给他吃。”

阙暮雨但笑不语，他收拾好教材，在门口停了停，这才说：“谢了，你好好学习就是对我最好的报答。”

“什么嘛，说什么客套话……”罗潇有些不甘心，跟在他身后碎碎念，“真不吃吗？我手艺可好了……”

话还没说完就猝不及防撞上他的后背，他背脊在那个瞬间很是僵硬。没料到他会停下脚步的罗潇揉揉鼻子，正好看到站在门口掏钥匙的罗成功。

罗潇也僵了僵，感觉自己被抓包抓个正着。

罗成功视线在两人身上诡异地转了转，半天才说：“阙老师？”

罗潇轻咳一声，嘟囔着：“明明是你请的家教，怎么看起来倒像是头一回见到？”

“您好，打扰了。”阙暮雨温和地冲罗成功颔首，便打算离开。

罗成功注意到里头的光亮，一下子明白过来，他搓搓手指了指灯。“阙老师，真是麻烦你了。”他瞄了眼一脸期待的罗潇，顺势开口问了句，“要不留下吃个夜宵呗？”

四、

罗成功是个不解风情的人，看不出罗潇对阙暮雨的小情愫。

阙老师哪里人？

多大年纪了?

找没找女朋友?

需不需要介绍?

这些问题问个没完。

这些个问题不仅问得阙暮雨尴尬，也让罗潇面红耳赤恨不能找个地缝钻进去。

恼怒的罗潇在桌子底下踢了对面一脚，罗成功没什么反应，依旧大口吃着他的炸酱面，倒是阙暮雨闷哼一声。

罗潇吓得不敢动了，事不关己地低头吃面。

阙暮雨抬眼若有所思地瞧了罗潇一眼，笑着答道：“像罗潇这样温柔的就很好。”

突然被点到名字，罗潇一愣，朝对面含笑的他做了个鬼脸，心里却美滋滋的。

罗成功眼睛一瞪，毫不留情地拆穿：“得了吧，这姑娘皮得很，一点也不温柔，你要是觉得她温柔，多半是她装的。”

这句话下来，气得罗潇脸都白了。

一直看到这父女俩互怼的阙暮雨也跟着他们笑，笑着笑着愈发若有所思。

吃过夜宵后，罗成功亲自将阙暮雨送下了楼。

上楼后，他一张脸笑开了花，止不住地说：“小阙真是个好老师，刚下楼的时候还一直在夸你有天赋，教你的知识点一点就通。”

罗潇撇撇嘴，走进厨房收拾碗筷。

“还不是因为你一直夸他教得好吗？他能不多夸我几句？”她有些奇怪，“你之前没有见过阙暮雨吗？”

罗成功摇头否认：“之前只电话联系过，是你学校的老师推荐过来的。”

罗潇犹豫着问了句：“他收费多少呀？”

“嗨，你别管，不贵！”罗成功笑眯眯的，“得亏我闺女天生聪明，这钱花得值！”

罗潇哼哼唧唧：“那可不。”

罗成功这几天谈合作的事情进展得很顺利，再加上女儿被夸，他心情好了，大手一挥，许下承诺：“明天我早些回来，亲手炖鱼给你和阙老师吃，给你补补脑子。”

罗成功手艺很好，罗潇的厨艺都是从他那儿学来的，只是他平时忙得很，极少有时间煮饭给罗潇吃。

可惜，第二天晚上罗成功并没如约提早回来。

后来罗潇才知道，他进警局了。

五、

接到电话之前，她正在听阙暮雨讲解一个很重要的知识点。

听着听着她便有些出神，一直盯着他挺拔精致的鼻梁看。

阙暮雨察觉出来了，他眉头微微一拧，伸手按在她脑袋上，将她的头正了回去："你到底想不想考大学？你知不知道你爸为了让你学习进步付出了很多？"

他向来很温和，今天这番话却有些严厉，罗潇不服气，倔强道："我有在认真听你讲。"

她将刚才阙暮雨讲解内容一字不差地重复了一遍，不可否认，她的确极有天赋。

阙暮雨没说话了。

恰是这时，客厅的电话响了。

罗潇哼一声，穿上拖鞋跑出去接电话，这个电话打得格外久。

挂了电话，罗潇望着走出房间看情况的阙暮雨，眼泪唰地就下来了："怎么办，阙老师，我家老罗进警局了。"

阙暮雨连夜带着罗潇去了趟警局，阙暮雨的车看起来很是高档，和这个破败的小区很是格格不入，阙暮雨罕见地皱着眉没有说话，只是时不时给罗潇递一递纸巾。

可罗潇却没什么心思仔细打量，她整颗心都在警察告知她的内容上。

罗成功被人举报了，不仅如此，之前找罗成功说要入伙的投资商是个骗子，取得了罗成功的信任后，他好言好语地哄着罗成功将自己的积蓄全部投了进去，现在人早就溜之大吉不知道去哪里了。

害得罗成功现在血本无归脱身不得。

好不容易办完手续，一见到罗成功，罗潇便边哭边骂：“你活该！这回该知道卖假药不对了吧？”

罗成功看起来憔悴了许多，却仍在安慰罗潇：“是爸爸鬼迷心窍了，你别哭，哭什么呀，我这不是好端端的吗？不会有事的。”

罗潇简直不想搭理他，眼泪簌簌：“妈已经走了，你也要离开我吗？”

罗成功有些慌了：“没事，爸在这儿待几天就能回去了。你乖一点，跟着阙老师好好学，学费爸爸早已经放在房间枕头底下了，你去拿给阙老师，好好感谢感谢他。”

……

罗潇擦了擦眼泪，失魂落魄地走出警局大门。她该早点阻止罗成功的，不该抱着侥幸心理任由他继续卖这款所谓的保健品。

可后悔没有用。

下了阙暮雨的车，直到上了楼罗潇才想起自己忘了告诉他要给他工资这回事，透过窗户见他的车还在楼下，罗潇带上信封赶紧又跑了下去。

她目光在外头寻了寻，看到阙暮雨正倚靠着车门打电话，他脸上是她从未见过的陌生表情。

楼道的感应灯已经坏了，他并未察觉到罗潇的去而复返。他说话的声音很低，断断续续的，却让罗潇的心尽数凉透。

“那个欺骗奶奶的骗子罗成功已经被警察抓起来了，证据齐全……我知道爸爸拿药去化验了，都是些滋补的中草药成分，可它治不了奶奶的病却声称能治，便已经属于欺诈了。”

他好看的嘴唇讽刺地向上一扬：“……钱我会通过别的方式替奶奶讨回来……嗯，您别管是通过什么方式。”

“您放心，不会有人知道是我做的……”

他忽然一顿，透过反光的车玻璃看到了身后几步远的泪流满面的罗潇。他挂了电话，有些慌乱地转过身去，嘴唇张了张，似乎想要解释些什么。

罗潇却没有给他这个机会，她飞快地将信封丢给了他，转身上了楼。

她本该在丢钱给阙暮雨的时候大骂他的，却没有勇气。他光鲜的衣着打扮和她反复穿了好几年的裙子形成了鲜明的对比。

她第一次觉得自己落魄到极致，在这个老旧的楼道里简直无处遁形。

六、

阙暮雨是从李老师那儿知道罗潇的。

他是这所高中的优秀毕业生，在空闲时间时不时会返回母校，帮老师处理一些琐碎的事情。在整理学生档案时，他注意到了罗潇的名字。

因为，罗潇名字下一栏的家庭地址，正好就是奶奶手中名片的家庭地址。阙暮雨仔细确认了一番，罗潇父亲的名字，正是罗成功，他对这个名字印象很深刻。

见阙暮雨看得仔细，一旁的李老师也瞄了一眼，叹道："是她呀。"

阙暮雨一挑眉："老师知道她？"

李老师说，这个学生资质很是不错，就是一直不肯将心思放在学习上来，她的父亲找过学校老师很多回，一直想找一个家教。可要么是罗家暂时付不起家教费，要么就是一直没有合适的人选。

看起来李老师对这个学生很是惋惜。

阙暮雨笑笑，在心底打定了主意："那李老师，不如您帮我联系下这个学生家长，我去替她补课吧。"

重点大学的学生会主席阙暮雨主动提出要当家教，李老师自然求之不得。

很快，阙暮雨顺利与罗成功取得了联系，他所收取的家教费，恰好就是奶奶花在保健品上的三千块钱，这钱对于阙家来说并不多，却是奶奶辛苦积攒下来的，打算去医院看病的钱，没想到中途被罗成功给忽悠了，钱花了个精光。

没想到，罗成功很爽快地答应了。

事情进展得出乎意料的顺利，罗成功包括他的女儿罗潇都很信任他。他如愿举报了罗成功，还以学费的方式拿回了奶奶的钱，他没有拿了钱就走人，而是一直尽职尽责地帮罗潇补习功课，他自认已经很对得起罗家了。

可不知道为什么他却渐渐有些良心不安起来，他不敢和笑容满面、对所有事情都毫无所觉的罗潇对视，他怕那一眼的对视，会让他溃不成军。

明明可以有更好的方式，他却偏偏自私地选择伤害无辜的罗潇的心。罗成功的因，不该让罗潇来吃这个苦果。

可箭在弦上，不得不发。

他觉得，她永远永远也不会原谅他了。

一年后，罗潇凭借自己的本事考上了那所重点大学。

她曾在校园里见过阙暮雨，他在学校人气很高，不仅是学生会主席，还加入了校篮球队。罗潇跟着关系不错的小伙伴找了位置在体育馆坐下，围观有他在的比赛。他很显眼，周围的同学都在为他欢呼。

看着看着，她思绪却渐渐恍惚起来。

那次之后，阙暮雨找过她几次，敲门的声音依旧很大，明明隔着好几扇门，还是清晰地传到了罗潇的耳朵里，可这次，她选择不开门。

她给阙暮雨的家教费是两个月的，满打满算，他才上了一个月的课，短短一个月的补习像是一场梦，一场可笑荒诞的梦，罗潇不愿自己再回到梦里。

随着时间慢慢推移，新的学期开始了，阙暮雨忙于学业，渐渐地，敲门声再也不会响起，罗潇心底却莫名怅然失落。

她曾以为，她永远永远也不会原谅他了。

七、

后来，罗成功从警局出来了，他开了家保健品店，手续齐全，再也不敢钻空子声称能治百病了，他能改过自新，也算是吃一堑长一智了。

他听罗潇说了阙暮雨的事情，却并没有生气，而是笑呵呵地告诉罗潇，他之所以会被抓，是他与阙暮雨商量好的。

在那次夜宵后，阙暮雨曾私下里找过他，明明白白地坦诚了自己的身份和目的。自负的罗成功大怒，让他滚开。

可意外突如其来，之前的投资方突然变卦，拿着他的全部积蓄消失得无影无踪，对方笃定罗成功不敢报警。罗成功这才意识到了自己的不对，当一个骗子被另一个骗子欺骗时，他慌了，他无所适从不知道该怎么办才好，他的确没有胆量报警。

这时，他想到了阙暮雨，于是他与阙暮雨联手，一来认了自己的罪，二来能借助警方找到那个溜之大吉的投资方。

而这些，阙暮雨从来没有跟她提起过。

也许是这边的欢呼声太大,吸引到了阙暮雨的注意,比赛途中,阙暮雨一直频频朝这个方向看过来。

比赛结束后,他推开欢呼的观众走到罗潇跟前,他笑容如昔,说:“对不起,罗潇,我们能不能两清了?”

罗潇从短暂的怔忪中回过神,她笑着摇了摇头,却提起了另一回事:“所以阙暮雨,你欠我的剩下一个月,连本带利,打算什么时候偿还?”

王子从来都不是什么好东西，走吧，小美人鱼，
我请你去吃关东煮。

吃关东煮的小美人鱼

文 / 姜辜

1. 一分钟和三十秒

老实说，我觉得徐樛樛很奇怪。

名字什么的就不必说了，我跟徐樛樛从初一开始就是同班同学，但一直到现在，我也还是会把“樛樛”这两个字念成“谬谬”或者“球球”之类的发音。要是用写的，那就更困难了，我永远都猜不准最后那几撇到底是三还是四。

于是我妈那句怎么说也说不腻的话就再一次有了登场的机会，她说，我就是那种光长个子不长脑子的典型存在。但这话，一半

一半吧，毕竟不管怎么着，长个子对男孩子来说都是一件开心的事。我也认真地想过了，就算有朝一日这个世界因为人类的愚蠢而面临毁灭，那我也宁愿做一个没脑子的一米八，而不是一个聪明的一米六。至于我和徐椤椤，单纯的不熟罢了。

初一到高三，快六年了吧，我对她的认知，仅仅停留于“好学生”这三个字上面。

而我开始觉得她奇怪，是在一分钟之前。

学校打铃的时间比我手表上的秒钟要慢上半个圈，所以趁着这三十秒的空当，我能做很多事情，比如说，左手拿着矿泉水右手抱着篮球不慌不忙地晃进教室里。

虽然我成绩不怎么样，对念书这件事也提不起大兴趣，但老师还是很慈悲地没有把我按进角落里和饮水机做伴。我的位置在第五排倒数第二个，我要回到那儿，就必须经过现在围成一团正叽叽喳喳聊着天的女孩子们。

我咂咂嘴，也不知道她们哪来那么多话要讲，明明每天都在见面，日子也总是在重复着过。

“洗面奶是不可能祛痘祛斑的，它只能起到一个基本的清洁作用，洗完之后你觉得不干不油就可以了。”虽然徐椤椤被掩在人群中，但我认得她的声音。没意思，我又给自己灌了一大口矿泉水，原来好学生跟朋友进行普通聊天时的音调也像是在催收作业本。

“我换过好几种了，最好用的还是那个牌子，对了，还有水乳你们也要记得……”

等等——在那口带着些许凉气的矿泉水一路冲进我胃里的时候，我突然反应过来了。

徐樛樛为什么会站在这儿以自身为例子讨论起了洗面奶这种东西？虽然她是女孩子，可她作为一个雷打不动的好学生，难道不应该聊一些三角函数星标课文或者是动词形态之类的吗？

“常凌霄！赶紧回座位上去，铃都打完两遍了，你还傻站在那儿干什么？”

随着班主任的出现，我才后知后觉原来我多出来的三十秒已经用完了，同时，我还非常碍事地挡住了徐樛樛的路。她说着麻烦借过的声音非常小，但不可避免的是，我们对视了。

六年了，这是我和徐樛樛第一次，靠得这么近。

齐刘海儿还是那么厚重，黑框眼镜也还是像个酒瓶底儿，但这次不一样，这一次我竟然透过这些表面的东西发现了其实徐樛樛长得并不丑的事实——行吧，虽然和我兄弟暗恋的那个级花没得比，但至少徐樛樛的皮肤很好，在我看来，跟电视里那些擦了粉的女明星没有区别。

可以说，在这一刻，我对徐樛樛的认知进行了一次质的飞跃，但她却好像还是老样子，匆匆地看了我一眼之后，就小跑着回到了自己的座位上。于是我又很傻地站在原地愣了愣，因为在她推着眼镜埋下头的那瞬间，她的鼻尖好像蹭到了我夏季校服上的纽扣。痒痒的。奇怪。

2. 原来奇怪的好学生那么难对付

放学后，我一反常态地拒绝了哥们的各种邀请，抓着空荡荡的书包就跟着徐樛樛出了校门。

不是我今天不想去学校后街上网吃冰花打台球，也不是我对徐樛樛突然就安了什么不可言说的心思，我跟着她的原因其实非常简单，就想请她帮我一个忙而已，还是很小的那种。

进入高三之后，我们班换了一个数学老师，好巧不巧的，是我爷爷当年的学生，而他昨天在自我介绍之后估计觉得场子有些冷，便突发奇想地问了问担任数学课代表的徐樛樛关于前任老师留下来的暑假作业的情况——当然，用脚趾想也知道，我一张卷子也没做。

我这个人虽然打架可以输，游戏团战也可以死，就唯独有点遭不住我爷爷那软硬不吃的臭脾气，所以不管怎么着，我都得试试让徐樛樛别把我的名字给报上去——尽管我们不熟。

“常凌霄，你到底打算跟着我到什么时候？”

不得不说，徐樛樛这突然的一嗓子的确吓到了躲在角落的我。

而她倒是若无其事地摸了摸正蹭着她白色帆布鞋的小流浪猫，又将手中的猫粮往地上撒得多一些之后才面朝着我站起来。橙红色的夕阳和波光粼粼的护城河统统倒在她的背后，我们俩的影子都被拉得老长。

“这都是我喂的第六只流浪猫了。”徐檬檬直直地看着我，镜片儿像是在发光。

行吧，我有些尴尬地摸了摸自己的鼻子，原来早被她发现了。

“你找我有事吗？”标准的询问口气。我甚至都能想象到徐檬檬在办公室里面对老师时的口气了——当然，好学生如她，肯定会把刚才那个“你”换成一个“您”。

莫名其妙的，我就被自己脑子里乱七八糟的联想给逗笑了。

于是我一边点头一边朝着徐檬檬走近，顺道也把自己要说的事情给交代了清楚。

“这个……”

不出意料，我看到了徐檬檬略微为难的表情。

也对，就算她今天课间和女同学们很起劲地讨论着洗面奶，那也只能证明徐檬檬就是一个用洗面奶的好学生而已，帮着坏学生欺瞒新来的老师这种事，想必她是不愿意的。

“其实不告诉老师也不是不可以。”正当我准备挥手走人时，徐檬檬却大大方方地咧着嘴冲我笑了一下，“但是作为交换条件，你也得帮我一个忙。”

我有些意外地愣在了原地，一是意外这么多年下来我竟然从没发现徐樛樛有两颗非常明显的小虎牙，二是意外原来所谓的好学生竟是这么难对付的一个存在——这是要跟我等价交换?

“我们话剧社最近排演的剧缺了一个重要角色，常凌霄，要不你来吧?”

3. 愚蠢的主角和无聊的配角

要不你来吧?

来什么来，来个屁啊。

我坐在话剧社的专用休息室里将一沓不厚不薄的剧本翻得哗哗作响——故意的，就是为了表达出我性格不大好并且心情也不大好，所以希望边上几个高二的学妹能立刻终止她们捂着嘴偷看我的动作。但是话又说回来，让一个一米八多的男生出演坏心肠女巫这种事，其实放哪儿都是一个不大不小的笑话——当然了，我的意思是，如果这个倒霉的一米八不是我的话。

徐樛樛。我在心里暗暗嚼着这个我已经牢牢记清发音的名字。你欺人太甚。

“乌苏拉——”

说曹操，曹操到。徐樛樛笑眯眯地提着一大袋冰镇饮料推开了休息室的门，她是副社长，总是喜欢给成员们买些吃的和喝的，偶尔遇到好学的学弟学妹们，她还附带讲解疑难课程。

“怎么样，剧本记熟了没？”她一边说一边递了瓶矿泉水到我面前，“台词不难背吧？”

“幼儿园的小屁孩都知道你这个剧本。”我不咸不淡地应着，但手还是很诚实地接过了那瓶水——这点我倒是比较满意。虽然徐檫檫日常弄混大家伙酸奶的口味，但对于我偏爱的矿泉水牌子，一次也没出过错。“海的女儿——”我轻轻地啧了一两声，“无聊。还不如灰姑娘。”

“友情提醒一句，新社员是没有资格跟副社长叫板的。”

徐檫檫挑了挑眉——我是说，虽然她的上半脸都被她的刘海和眼镜盖得差不多了，但那种小男孩一般的得意和淘气是没办法盖住的。经过这段时间的相处，我发现她其实比我想象中，要活泼很多。

这么想着，我眼睛又不自觉地落在了被我揉成抹布一般的剧本上，那一页正好是我和徐檫檫的对场戏——也就是想王子想到发疯的小美人鱼爱丽儿出于无奈只能去找深海女巫乌苏拉帮忙。尽管爱丽儿是个愚蠢的主角，但在我看来，乌苏拉更无聊，整日躲在深水区捣鼓这个捣鼓那个，要了爱丽儿的声音还不够竟然还要了其他人鱼的长发——真是一个寂寞的变态。

“放心吧，我已经跟服装师说好了，女巫不穿裙子，就只一个长袍子，够义气吧？”徐樛樛依旧笑眯眯的，直到窗外的风将休息室里的贝壳风铃吹得清脆作响时我才发现她今天换了一根头绳，酒红色的，上面还带着一颗珍珠模样的装饰物，“暗紫色你能不能接受？黑色也行——”

我张张嘴，正准备提议说要不在黑色长袍上给我镶一排铆钉时，休息室那扇半开半掩的门就被人彻底推开了——隔壁班一男的，话剧社社长，叫什么名字我给忘了。总之，在他出现之后，徐樛樛立刻将乌苏拉的服装大业抛之脑后。她跟着他走了，用的还是那种很高兴的表情。

“不会吧，常学长——”也许是我眼里的情绪奇怪得过于诚恳，所以咬着酸奶吸管的学妹忍不住轻轻地喊了我一声，“你不知道社长和副社长是一对呀？”

不知道。徐樛樛从来没跟我提过好学生还会早恋这回事，恶俗的是，居然还是办公室恋情。

“听别的学姐说社长和副社长感情可好啦，特别是副社长，知道这是他们高三届最后一次参与话剧活动而且社长下个月也得退位之后，就一直为了这个话剧而忙前忙后呢。”

“小美人鱼和王子——虽说童话故事是悲剧，但我看，现实未必嘛，好像他俩成绩都很好。”

“那他们以后会考上同一所大学吗？要还是同一个专业就太好啦。”

“会结婚吧？那以后养猫还是养狗呢？我看副社长好像挺喜欢猫的。”

行吧，我算是知道为什么女孩子间总有那么多聊不完的天了——哪怕聊的内容跟她们半毛钱关系都没有。我继续坐在凳子上，没有目的性地拧着矿泉水瓶盖，松了又紧，紧了又松。

4. 早恋的美人鱼，也勉强算可爱

从小到大，我听过许多莫名其妙的结论和定律。

比如说如果你想认识一个谁，那么你会发现其实你和他之间的距离最多不会超过八个人，又比如说如果你想接近一个谁，那么你会发现上帝一定会充满善心地帮你一把给你创造种种机会，再再比如说我眼下正经历的这一种——如果你跟一个人突然变得有些熟了，那么你就会发现这个人的身影会开始蛮不讲理地充满你的生活——挺无解的，类似于每次打开电视机看到的总是那几个相同的连续剧片段。

“常凌霄——你到底有没有在听我说话啊？”

徐樛樛皱着眉，将数学书啪的一声反扣在桌面上。我先前就说过了，我成绩不怎么样，对考大学这件事也模糊得很，但班主任却不怎么想在高三一开始就放弃我们这群中下游的学生，于是他干劲十足地成立了十几个帮助小组，然后大手一挥，我和徐樛樛，就这么绑一起了。

我百无聊赖地转着笔，正准备说其实我在努力听的时候，徐樛樛却突然下巴一扬做恍然大悟状：“我知道了，你肯定是因为隔壁班的班花站在外头的走廊上所以心猿意马是不是？”

是个屁啊是。我看起来不想学习那仅仅是因为我不想学习。而且在快要成年的我看来，被一个女孩儿影响自己的心情和动作，那是一件非常丢脸并且不成熟的事情。怎么着都不酷。

“我不喜欢她。”

我面无表情地扭着脖子往外面走廊上看了一眼，然后没来由地，对徐樛樛坦诚得有些过分：“我哥们儿追了她好几个月，她说什么都不答应，但是礼物什么的又照收不误——我哥们儿傻呗，以为她真的是为了高考，结果上个星期发现她和邻校一高二的在一块了。啧，有点惨。”

“我也不怎么喜欢她。”徐樛樛此刻的表情有些好玩，像是苦恼困惑，又像是纠结难堪，末了还夹杂了一丝不具名的羞赧，“上学期我和她一块参加化学竞赛，都拿的一等奖，但其实考试的时候我就发现她带了小字条——但我不知道该怎么说，感觉去告状很像一个小学生。”

我就这么直直地看着徐樛樛，然后没忍住笑出了声：“那你记到现在？也真是一个小学生。”

“小学生怎么啦？”自尊心受到挑衅的徐樛樛愤怒地推了一把鼻梁骨上的眼镜，“小学生也比你会做数学题，班主任还不是派了我这么一个小学生来教你——”

“是。徐樛樛同志是我见过的最牛小学生。”

我耸耸肩，顺着她的话接了过来：“赶明儿我就告诉班主任我们班最厉害的小学生正在早恋。”

然后徐樛樛就没说话了。趁着她鼓着脸颊愣神的一瞬间，我抽出了她指间那支黑色的钢笔：“走吧，天黑了，高中生有义务请小学生吃关东煮。”

徐樛樛喜欢吃关东煮这件事，是我偶然发现的。

某一次放学之后我和几个哥们儿骑着租来的摩托车从后街呼啸而过的时候，我看到了徐樛樛和她那个社长男朋友，两人表情也就那样——怎么说，类似于两个好学生在讨论一道高分题。接着，他们就停在了关东煮面前，我也莫名其妙地招呼着我哥们儿踩了一脚刹车。

他俩又聊了会儿，最终以社长甩手走人，而徐樛樛独自掀开关东煮的红色塑料帘为结尾。

摩托车再次飞驰起来，带了些秋意的凉风吹乱了我的发型，我将没点燃的烟顺手丢在了路边的垃圾桶里。我搞不懂为什么徐樛樛的男朋友不陪她吃关东煮，那家的鹌鹑蛋真的还蛮不错。

“常凌霄，你知道吗？”

徐樛樛一看就是关东煮的至尊客户，老板甚至在捞虾丸的时候多送了她一串海带。

“啥？”我漫不经心地往自己碗里添葱，她在我右手边儿开了一瓶冰豆奶。

“要是美人鱼不是住在又咸又凉的海水里，而是住在像关东煮这种又香又热的浓汤里，那么打死我我也不会因为要和王子在一起而去找女巫换腿的。”

徐樛樛满脸虔诚地捧着纸碗吸溜了一口汤，油烟味儿的热气不断，她的镜片也蒙上了一层雾。

“那个——”尽管我知道我想问的话和她刚才莫名其妙的感叹没啥关系，但我还是想问，毕竟我真的好奇很久了，“你明明是个好学生，为什么要谈恋爱？”

“这有必然的联系吗？”徐樛樛一边摘眼镜一边侧过头望着我，“我们现在是学生，好好学习是本分，但这不代表我就是一个非常死板并且热爱学习的人啊。所以对于我来说，除开学习和高考之外，话剧也想好好演，街边小吃也想好好品味，早恋什么的，当然也可以试试啊。”

5. 给我个机会，我想当一个正义的深海女巫

话剧也想好好演，街边小吃也想好好品味，早恋什么的，当

然也可以试试。

一连好几天，我脑子里都是徐椤椤满脸认真地说着这段话的表情。

不得不说，这段话被我翻来覆去横七竖八地理解了一通之后，我还是觉得说得挺有深度和内涵的。看来徐椤椤不仅可以当数学课代表，好像连语文课代表、政治课代表什么的也能胜任。于是我暗暗决定，如果下学期还能投票选举班干部的话，那我再也不弃权了，统统投给她。

重复的日子总是过得很快，一眨眼，就快入冬了。

之前一直忘了提，学校在国庆之后给高三生颁布了一条新法则，说什么周日下午的放假时间变成了自愿上自习的时间——当然了，这天底下哪有自愿上自习的学生，特别是一抬头还能看见班主任还坐镇讲台那种。但上有政策下有对策，这时候谁脸皮更厚谁就赢了——那自然是我。所以除了被徐椤椤点名要到的几个周日下午外，我基本上都歇在市中心新开的网吧里。

但眼下这一次，歇得我恨不能立刻跑回教室捧起教科书大声朗读——毕竟遇见徐椤椤现任社长男友带着邻校女生来上网这种事，也太尴尬了。特别是他俩还紧紧牵着手，并且有说有笑。

这时我的手机屏幕也心电感应一般亮了起来，发件人是徐椤椤不错，但内容却是要我上完网回学校的时候给她捎一碗关东煮，多辣多葱那种——吃吃吃，就知道吃，你男朋友都要跟人跑了你知不知道？我恨铁不成钢地回了一个好字，转而又对上那社长略显尴尬和无措的眼神，我下巴一扬，示意他跟我来。

“你妹妹啊？”

以男人对男人的了解，我知道那肯定不是妹妹。但很奇怪，我就是这么问了。

那社长靠着刚刚翻新不久的白墙壁对我摇了摇头，然后盯着他自个儿的鞋尖说：“你看到了。”

“废话，我又不是瞎子。”我嘲讽似的撇撇嘴。他倒是很坦白。这时我才发现我手里还抓着一包软烟——对，我就是因为要去前台买烟才遇上了正在上机的他俩——我想了想，还是没有用太难听的称呼，毕竟前几天我已经答应了徐樛樛平时少爆粗口。因为她说，女巫要优雅。

我拆开软烟的包装，朝对面的人递了一根过去。毕竟男人之间，不管是敌是友，烟总归要发的。

“我不抽烟，谢谢。”

靠。我感觉我按火机的力度比平时大了很多。靠。我在心里又骂了一遍，这他妈什么人。

“今天的事，你会告诉樛樛吗？”

啧，他居然还有脸叫她樛樛。酸得我牙疼。

“你不喜欢徐樛樛了，你就该跟她明说，来这么一出，挺没意思的。”

“不是。”也许是我此刻过于平淡的态度让那社长产生了就算我不是他的同盟但至少也会保持中立不管这档子事的错觉，这厮竟然厚颜无耻地冲我笑了笑，“不能说我不喜欢她了，只是我们在一起好几个月了，她除了偶尔愿意让我牵手之外——常凌霄，”我并不意外他知道我的名字，也许徐樛樛提过，又或许是老师们口中的反面教材，总之，无所谓，“我们都是男的，你肯定也懂——但是你可能不知道，别看樛樛平时那样，其实，她摘了眼镜还挺漂亮……”

把燃到一半的烟扔出去的同时，我的拳头也准确无误地挥在了眼前人的脸上。

“所以呢？这就是你欺负徐樛樛的理由？我在前台看到你的时候就已经想好怎么揍你了。”

他毫无防备，被我打得一个趔趄差点直接蹭着墙面倒在地上，几乎是整个左脸都挂了彩。

没意思，我往角落里啐了一口，我向来不喜欢打这种碾压局面的架，于是在这一拳之后，我只是仗着身高优势揪住了他的衣领。而他因为吃痛和无法反抗，只能喷出一阵又一阵灼热激烈的呼吸。我看着他，尽力平息着那阵搅痛我太阳穴的愤怒，可是不行，除了徐樛樛在关东煮红色塑料棚里的那张脸，我什么也想不到了——她摘掉雾气蒙蒙的眼镜，长长了的齐刘海被她用一个黑色发夹随意地拨到了右边。因为加了一大勺辣椒，她的脸颊和嘴唇都变得红彤彤的。她眨着眼，那里面有湿漉漉的柔软和向往。她笑着说，早恋什么的，也可以试试啊。

试什么试，试个屁啊！

好学生就该好好念书，美人鱼就该老老实实地潜在海底唱歌。至于这世界的坏蛋，偶尔也能交给深海女巫这种迷人又冷酷的反派角色——是吧，反正，我觉得是。

6. 泡沫就泡沫吧，咱们去吃关东煮

行吧，有一说一。

其实我这人毛病真的很多，最典型的就是一旦冲动起来做事就非常欠考虑。

比如在拳头挥向话剧社社长的那一刻，我既忘了打人不打脸这个基本的礼仪准则，又忘了第二天就是话剧社的公演日——一个肿了一大半边脸的王子，怎么化妆都是没办法登台的。

但我这人还有更个典型的毛病，那就是喜欢咬着牙齿梗着脖子不认错。

不就是一个王子嘛，我兄弟那么多，难不成还没办法临时推一个上台？再不济，我就女巫王子混合出演总行了吧？当然，我这是在开玩笑，我比受不了愚蠢的美人鱼更加受不了这个傻而不自知的王子，特别是这王子还有一段和邻国公主结婚的戏码——

光是想想我要和一个不怎么熟的学妹踏着《婚礼进行曲》当着全礼堂师生的面走个百来米时，我的鸡皮疙瘩就没办法压下去。所以，王子什么的，还是勉强勉强让兄弟当吧，毕竟我很满意我女巫袍子上的铆钉。

“哎，那个美人鱼——”

在最后一场景换场的时候，我站在酒红色的幕布后，一把拉住了已经换好白色纱裙的徐樛樛，并顺手把道具师慌忙塞在了我怀里的玩具匕首递给了她：“要不你干脆杀了王子吧，回到海里去，别变成泡沫了，多不值啊你说是吧，反正最后就你一个人的戏，你想怎么演就怎么……”

“你在想什么呢？”徐樛樛歪着头，认真地看了我一眼，她今天摘了眼镜换了发型，还化了一个很正儿八经的海洋舞台妆，怎么说呢，很好看。“我是安徒生一定要被你气活了。”

“我这是结合现实灵活改编，不信你自己问问美人鱼变成泡沫了后不后悔。”我有些心虚地咂了咂嘴，虽然我没有告诉徐樛樛那天在网吧的事儿，但这世上没有不透风的墙，就算她不说，我猜她也已经知道了个七七八八——包括我殴打她前男友并且差点搞砸话剧演出这两点。

“泡沫就泡沫吧，没关系。”徐樛樛紧了紧手里的匕首，一溜烟似的，又跑回了舞台正中央。

随着旁白最后的一声叹息，这场话剧也算是顺利收尾了。

参演人员们挨个站成一排不断地鞠着躬，我也顺应着大家伙这么做着把自己对折的动作，但一来一去间，我发现我身旁的徐樛樛眼睛亮得过分——那不是所谓的珍珠眼妆。是她哭了。

“喂，你别吧。”台下雷动的掌声好像没有要停下的意思，所以我也不确定徐樛樛能不能听到我的话，“哭什么啊，娘们兮兮的。你人生还长着呢，指不定以后要被劈更多次腿……”

“我本来就是女孩子！”她别过头，狠狠地瞪了我一眼，“还有，常凌霄你会不会安慰人啊？”

就……明显，不怎么会啊。我瘪瘪嘴。这什么世道，深海女巫被小美人鱼吼得大气不敢喘。

“我才不是难过那个呢。”徐樛樛抽了抽鼻子，“我是为了小人鱼难过，王子太过分了！”

“是啊。”我看了看站在最边上的王子，感同身受地点了点头，“临时拉过来帮个小忙而已，居然开口就是一个学期的网费和水费——哪有这么当兄弟的？”

扑哧！

徐樛樛终于没忍住破涕为笑了。

“常凌霄，”她喊我，“我饿了，我们去吃关东煮吧。”

“行啊。”我又点点头，并且麻溜地报出了徐樛樛的老三样，“虾丸、鱼丸还有魔芋豆腐。”

“还有……”

“知道啦。”

我想了想，还是从袍子巨大的口袋中掏出了徐樛樛的珍珠王冠，这是剧情前半段中她还是个公主的象征。于是我又煞有介事地想了想，最终决定把它端端正正地重新戴回了她头上。

“泡沫就泡沫吧，我请你喝两瓶冰豆奶。”

只要最后是你，晚一点也没关系

——爱不嫌迟系列

爱不嫌迟系列03

骄阳

晚乔 著

关于《骄阳》的那些事

2016 年底到 2017 年初的时候，新闻里出现了一个词——校园贷。

“校园贷”是指在针对在校学生民间借款时，以借款人手持身份证的裸体照片替代借条。当发生违约不还时，放贷人以公开裸体照片和与借款人父母联系的手段作为要挟逼迫借款人还款的一种违法行为。

“校园贷”的新闻一出，网上骂声一片，很多人在指责违法放贷行为的同时，更多的把矛头对向了那些流出照片的大学生，虚荣、拜金各种污言秽语都倾泻在她们身上……

内容导读 /NEIRONGDAODU

【青春的时候总是有太多太多的选择，如果不小心做了错误的选择该怎么办？】

家境贫寒的女大学生楚漫偶然认识了冷面律师沈澈，因为楚漫奶奶生病急需手术费，楚漫在法律意识薄弱的情况下，擅自将身份证借给闺蜜，在闺蜜的帮助下，奶奶手术费的贷款很快到账。

虽然解了这次的燃眉之急，楚漫却发现自己掉入了一个更大的深渊！

不久后，网上四处都是楚漫拿着身份证的“特殊照片”。

楚漫受到了来自社会和学校各方面的谩骂。

无奈之下，她想到了沈澈——仅有一面之缘的知名大律师。

他会帮她吗？

如果，每个人的人生都可以拿线来划分出不同的阶段，那么在其他人因为无数大大小小的选择而变得模糊不清的线段里，沈澈的，便无疑是个例外。

用来划分他的人生阶段的那条线，清楚又利落，像是南北极的极点上，用来隔断极夜和极昼的那一天。便如他自己所说，未来尚且不知，以前从未想过，现在，这句话说出来，或许也会有人觉得夸张。可目前而言，他的人生，真的只需分成两个部分。

遇见楚漫之前，遇见楚漫之后。

那些所谓的冥冥之中
有些时候叫命运，有些时候叫爱情

第一章　恰似星辰

1.

体育馆里的呼声震天，顶上投出各种颜色的霓虹光束，那亮度很强，连带着夜空都染成了光照的幕布，近看尤其明显。

这个地方不是第一次举办大型演唱会，却是第一次达到这样的热度。没办法，谁叫今天的主角是最近的当红小天后顾南衣呢？

顾南衣自出道以来就一路顺风顺水，关注度和影响力都极高，连粉丝接个机都能连续上好几天头条，更别提这次的演唱会。

楚漫稍微踮了踮脚，环顾四周，却是一点空地也没看见，相反的，入眼乌压压全是人头，好不壮观。

其实这儿的场地不算小了，现在却连落脚的地方都找不到，武警也出动巡逻，维持治安，周围的停车场更是早就爆满。外面大批的记者还在涌入，收声话筒录进来的全是狂呼，整个现场沸腾得连声音都几乎都要溢出来，里里外外连成一片，面对面说话都得靠吼。

与周围热浪般的气氛不同，在离它很近的另外一个地方，却是冷冷清清。

守着自己的小摊子，站在场外的过道上，有风夹着细雨往人的脖子里钻，楚漫跺了跺踮得发麻的脚，又跳了两下，最后却还是环住了手臂，生出个寒颤。她不比那些为着偶像而来的人，心底火热，即便站在风里雨里也不觉得冷。

楚漫只是来兼职的。

她在这儿，主要是卖演唱会赞助商旗下的矿泉水，三块钱一大瓶的矿泉水分成三小杯，一杯涨五倍的价钱，差别也是有点儿大。一边向客人道谢，一边又递出去好几杯，楚漫冻得脸都发僵，却还是努力微笑着。

随着时间一分一秒过去，场外的人越来越少，而楚漫揉一揉酸痛的肩膀和腿，靠着边上的墙稍微歇了一下。

也是这个时候，她才有时间回头，看一看这些热闹。

虽然无关，也不太能体会大家的心情，可情绪这种东西很神奇，尤其是热烈的，总像是带着感染力。她站在这儿，左右无聊，又冷得厉害，能沾一些也好。

身后的世界离她很近，看着却远，可那幅巨幅海报却是一下子就跳进她的眼中。

海报上的人像是发着光一般，微微扬起的下巴，唇边完美的弧度，慵懒的小卷发衬托着精致的五官，眼睛微微眯起来，不论怎么看，都带着无与伦比的魅力，轻易就能将你拉进她的世界。那是顾南衣。

楚漫远远看着，歪了歪头。

这个世界就是这样，有人什么都不做，单单站在舞台上就能一呼百应，让无数的人为他而来，让他们的欢呼和呐喊把顶棚都掀开。可那样的人到底是少数，更多的还是站在外边的人，为了几十块的兼职费，要挨十几个小时的冻。

和场内热烈激动的氛围不同，楚漫在冷风里瑟瑟发抖，偶尔回头，也什么都看不见，只能听着里边的音乐和震天的呼声。

分明只是隔着一堵墙而已啊。

楚漫搓搓手，呵出口气放在耳朵上捂着。好像快下雨了，天真冷啊。

2.

最近的天气总是反常，说出太阳偏下雨，说大晴天偏刮风。

沈澈被堵在路上许久，等终于到达附近，演唱会早就开始了。

这儿处在近郊，路上经常有些泥水坑。沈澈是第一次来这个地方，月黑风高又不熟悉路况，于是一个不小心，就出了点意外。

撑着雨伞下了车，沈澈弯腰检查后胎，原以为是爆胎了，下车才发现，只是后边的轮胎陷入了一个泥坑里。可他再上车发动，怎么也开不出来。

瞥了一眼时间，沈澈微微皱眉。看样子是来不及了。

熟练地拨通一个电话，车里的人闭上眼睛，靠在椅背上，还没来得及说话就被对面一个带着小兴奋的声音抢了先。

“阿澈你终于打电话来了，你是不是到了？你在哪儿？我叫经纪人出来接你！”

沈澈顿了顿：“南衣，我的车在路上出了点状况，可能……”

“所以，又不能来了？”那个声音一下子低落下去，“是不是？”

“对不起。”算了算剩下的路程，沈澈叹一口气，“我尽量散场之前赶过来，请你吃饭当赎罪，怎么样？”

对面的人小声嘟囔：“我又不缺你这一餐饭，我就是想要你来现场听我一次。”

沈澈按了按眉心，调整了打得过紧的领结：“是我不对，我尽量快些赶过来……”

“算了。”刚刚这么说，很快，她又推翻自己，“不行，不能算了……你快点儿赶过来！你说的，不能不算话！”

“嗯。”

说完之后，沈澈紧了紧手里的伞，在心底轻叹了一口气。看来，只能走过去了。

深呼吸一口气，沈澈关了车灯，伞却掉在了座位下边。他一边低头摸伞，一边打开车门，然而，就在车门打开的时候，门边传来一声低呼。

沈澈一愣，这是打到人了？

他探出身去，顺手撑开了伞为倒下的女生挡雨。

“不好意思，你怎么样？”

楚漫揉着脚踝摆摆手。

其实也不怪这个人，是她走路不小心，正巧在这儿踩着石头扭了一下，虽然也被那车门撞着了，但那倒也不重，就是轻轻一擦，没什么大事。

“没事儿。”

说完，她捡起用来遮雨的塑料袋就想继续走。

“等等。”沈澈从车里出来，一直为她举着伞，“你真的没什么吗？我看你好像不是很方便走路。”

是这句话之后，楚漫才终于回过头，看他一眼。

她不知道自己现在是什么样子，但怎么想都该是有些狼狈的，可那个人西装革履，从头发到鞋子都一丝不苟，只是因为手里的伞比较偏向她，所以衣服上带了很微细的水汽。

“没关系，我就是刚刚扭了一下，走几步就好了。”

说着，楚漫忽然想到从前一个小品里的“没事走几步”，于是莫名就笑了出来。她怎么会想到这个？

沈澈没再多说什么，只把伞递过去：“天很冷，又下了雨，这把伞你拿着吧，路上注意安全。”

“可以吗？”

“嗯，没什么。”

楚漫想了想，接过来，十分真诚地说了声：“谢谢。”

也许对方有车，这把伞不是必要，可他真的是个好人。楚漫握着伞柄，那上边还带着温度，她现在冻得发僵，所以，哪怕稍稍有一点暖意，都显得珍贵。

她笑笑，又说了声：“谢谢。”

对面的男人笑着摇摇头。

而楚漫长呼一口气，她可以不用淋雨回去了，多好。

3.

只是，抱着这样的想法，楚漫走了一段路，在回头的时候，却看见那辆车依然停在原地，那个人就这样走进了雨里。她一愣，他为什么不开车？

虽然现在雨势渐小，只是风里夹杂着冷冷水汽，但是……

顿了顿，楚漫又返回去。

“那个。”她站在他的身后，“你就这样走吗？”

沈澈回头，正巧看见明明瑟缩发着抖，却努力把伞举高让他能被挡住的女孩。女孩的鼻尖被冻得通红，在灯光下边还能看见小小的绒毛，眼睛却很亮，像是被洗过一般明澈。那模样，真的有些像是刚刚出生的小动物，含着不确定，在靠近另一个未知的东西。

楚漫顿了顿：“你为什么不开车？或者，没有伞了吗？”

也不知道为什么，看见眼前的女孩，沈澈莫名就觉得，被下午的人事纷争闹得烦躁不安的心情，忽然好了一些。

或许吧，他所接触的人，都是极为聪明的那一类，懂得趋利避害，懂得审时度势，却唯独不懂得用真心待人，那样的人，像是深山里边修炼许久的精怪，最是危险。在这样的群体里生活久了，哪怕习惯，也难免厌倦。

而那些初生不谙世事的孩子，却与之相反。因为什么都不懂，所以只会做最本真的反应，与利害无关，只看心性。

他耸耸肩膀，微弯下膝盖，好让她不至于举得那么辛苦：“我的车陷到水坑里了，开不走，不过没关系，我的目的地不远，很快就到了。”

楚漫回头，借着霓虹光色，稍微看清楚那只轮胎的状况。

“是这样啊……”她把伞递回去，眼睛弯弯的，“我知道该怎么弄，我帮你吧。”

说着，在沈澈还没回过神来的时候她便跑出伞去，不多久搬来一块石头，垫在车后胎处，接着把边上的泥扒过来，弄出一个斜坡。做这些事情，她花的时间并不长，可沈澈却很久没有这样认真地看过一个人了。

只是看着，不含目的，这样的动作对于他而言，就像是发呆一样难得。

“好了。”也许是蹲得太久，有些腿麻，站起身的时候，楚漫忽然头晕，身子歪了歪，却也只是一瞬。

然后，她甩了甩头，对他笑笑：“你倒车试试？”

随着这个声音出口，沈澈也佯装无事移开了目光。

“麻烦了。”

他说着，掏出一块手帕，布艺格纹，不深的蓝灰色调。轻轻笑笑，楚漫望了一眼，想了会儿便接过来，自然大方得很。很多时候推拒带来的只会是尴尬，还不如直接点儿接受，一来一回，没什么亏欠，不管以后还有交道还是就此一面再也不见，都更加方便。

拿着手帕擦干净了手，楚漫退回一边。这下子，能安心接过这把伞走了。

走了几步，上车之前，沈澈回头：“这手帕你不还给我吗？”

“嗯？”

楚漫看上去有些错愕，她望一望手上满是泥水的帕子，又望一眼男人向她伸来的手，总觉得好像放上去就弄脏了他。怎么说呢，也不是什么别的意思，只是，在这样的情况下，他那么干脆把手帕递给她，她原本以为，他是不会再要了的。

“呃，不好意思。”楚漫露出为难的表情，“这个，可能不太好洗。”

沈澈见状，轻笑一声：“我开玩笑的。”

4.

正是在他轻笑出声的时候，体育馆那一边炸开了漫天的烟花，是同一时刻燃起的，齐齐迸开，网住了这附近的整片天空。

楚漫撑着伞站在车外，微微低头，看着车窗里的人。就像之前想起那个小品，现在的她也突然想起一个问题。

烟花和星星，哪一个更好看呢?

在这个问题刚刚冒出来的时候，楚漫就得到了答案，只是她不知道，自己为什么会想到这个问题。

“对了，你要去哪里?”车里的人这么问她。

楚漫顿了顿：“K大东校区。”

“那么远吗?”沈澈皱眉，“现在回那里的末班车已经没有了，不然我送你吧。”

楚漫下意识想要推拒，却被一声喷嚏抢了先。一个落下之后，接二连三又是一串，打得她的头都变得昏昏沉沉的。

揉揉鼻子，楚漫算了算时间，原本推拒的话，到嘴边却换成了:

“会耽误你吗？”

沈澈想了想：“还好，那边的话，没有我也可以。”

“那么麻烦了。”楚漫在上车之前，脱下了湿漉漉的外套，这才坐上去，“谢谢。”

看着她把那件湿了的外套放在脚边，又把伞放在外套上，沈澈有些不解。而楚漫或许是看出来了，于是不好意思地笑笑。

“麻烦你送我回去，总不能再弄脏你的车子，我的衣服上很多泥点，这个坐垫，看起来也不大好洗。”

沈澈微滞，没有说什么，只是显得有些无奈。接着，他把温度稍微调高了些。

“听你的声音有些哑了，不舒服就靠着眯一会儿，不会卖掉你的。”

说话的时候，沈澈一直注意着前边的路况，所以也就没有看见楚漫投向他的眼神。

累了一天，好不容易有坐的地方，楚漫只觉得整个人都是被拆了重组过似的，浑身酸痛。然后，在沈澈的声音里，她慢慢闭上了眼睛。

为什么会想到那个问题呢？关于在阴天不可能出现的星星，还有远方的烟花。

这是一个无解的问题。人时时刻刻都在思考，大多都是既没有意义又没有由来的，很多东西过了就是过了，不需要想太多。

可就算闭上眼睛晕晕乎乎，楚漫还是在念着这个。

为什么，会想到这个问题呢……

大概是因为，烟花散在天上，而星星，安安静静落在他的眼睛里。

嗯，就是这样。

5.

蓝色的灯牌就像是星海，这片海的平静和呼啸，都只为了一个人。

只是，台上的人始终只是握着话筒不开口。

顾南衣望着台下空缺的位置，手指紧得发白。

那个位置，不论她到哪里开演唱会，不论他答不答应、来是不来，她总空着，那是她专门留给他的。可是，这么多场演唱会，留了这么多次的空位，那个人始终不曾来过。

很轻地叹了一下，顾南衣低下眼睛，眼角处贴着的水钻一闪一闪，像是带着咸咸的味道。她控制不住地失落，却又忍不住去想，虽然现在还没来，可是，兴许等一会儿，他就来了呢？

台下的经纪人打起手势，示意她可以开始了。

顾南衣深吸口气，做出活力十足的模样，高高举起手来——

“大家好，我是顾南衣，能够见到大家非常开心！只是，今天出乎意料的有些冷，大家加够衣服了吗？”

很平常的一句话，简单到不像开场白，却引起台下一片尖叫。

顾南衣笑着绕场转了个圈，几句话过去，便开始了一首热场的歌。只是，就在前奏响起的时候，她还是不受控制地往下边的座位上瞥了一眼。

一眼之后移开，是舞台上的灯光也掩不住的失落。

沈澈，我只是想要你来现场听我一次，毕竟，那些歌，都是为你唱的。为你一个人唱的。

你怎么就不愿意来呢？

骤雨阵阵，时停时落。雨珠连成线从车窗上滑落下来，沈澈移开目光，转向身边已经熟睡的女孩，明明应该叫醒她的，可看她睡得香甜，又有些不愿打扰。

半晌，他叹一口气，现在的孩子都这么没有警惕心吗？

这时候忽然传来手机震动的声音，那声音很轻，可大抵因为裤袋贴着腿，楚漫一下就被痒醒了。睡得迷迷糊糊，连眼睛都没有完全睁开，她就接了电话。

“清子怎么了？”

电话那头的语速很快，顷刻丢来一连串的问题：“什么怎么了？现在都几点了你怎么还没回来？你现在在哪呢？”

耳膜被吼得发疼，楚漫把手机拿远了一些：“我现在？”她终于睁开眼睛，却没有想到，一睁开就看见身边望着她的沈澈。

意外之下，楚漫慌了那么几秒钟的时间，连说话也有些结巴：“啊，我现在，现在……已经到校门口了。”她往车窗外打量了几眼，“是是，我马上就回来，嗯，你要吃什么？炒饭和里脊？好……我给你带……”

好半天才挂了电话，楚漫松一口气，调整好心情才转头。

“那个，谢谢，今天麻烦了。”

“没什么。”

“我在这里睡了很久吗？”

沈澈看了她一眼：“没有，我刚刚停下车，你就醒了。”也许是想起来对方才看过时间，他又补充一句，“雨天车不好走，路上耽误了一下。”

“啊，那就好。”楚漫弯了眼睛，“那么我走了，今天真的很感谢。”

很多人，说感谢就只是说说，可楚漫在说话的时候，总带着真诚。这样的真诚让人很舒服，沈澈想，这样一声谢谢，也许，能够抵掉他浪费在等待上的时间。

“嗯，再见。”

“再见。”

道别之后，楚漫下了车，径直往宿舍的方向走去，而沈澈也没有犹疑，往回直直驶向体育馆。两个人都没有想起来要问对方的名字和联系方式。

不过这也正常，不论是沈澈还是楚漫，他们其实都是冷淡的人，不喜欢与谁多做交际，哪怕对于对方有些好感。更何况，这不过是一次偶遇，他们的生活，单是看上去，差别都很大了，以后哪里还有再见的机会呢?

既然如此，也就没有再联系的必要。

只是，怎么想是一回事，未来会怎么发展，又是另一回事。

总有些东西，自己不在意，也从未想过，然而一切却又都在冥冥之中注定好了。那种东西，有些时候叫命运，有些时候叫爱情。

……

化妆师姜窕从未想过，影帝傅廷川有一天会对她说——
“今夜我不关心人类，我只想你。”

大明星 VS 梳化师，七宝酥式撩人互宠

命中注定系列02

爱不释手

七宝酥 著

第一章 / 心事满溢

[1]

姜窕有一双好看的手，和她的名字一样，小巧、细长，肌肤白润。

哪怕摊平十指，关节也不像一般人那样暗沉下去，反倒透着嫩嫩的粉色。

她不爱美甲，指甲盖就是天然的样子，但也跟涂了护甲油似的，莹如珠石。太阳下面一晒，通透度堪比美玉。

此刻，这双手正在有条不紊地分工合作，一只稳稳端着彩妆盘，另一只紧握毛刷，在别人的腮帮子上来回扫。

手的主人背对妆镜站着，纤瘦的身体正随着手势小幅度抖动。

在她身边，有个面朝镜子，脸蛋明艳的姑娘。

她上身微微前倾，确保自己的五官避开阴暗，全部停在镜灯的打光范围里。

在光线差的地方上妆，一不小心就会浮夸。

这样也是在配合化妆师的工作。

漂亮的女孩儿瞄瞄姜窕的手，继而垂眼瞥瞥自己的，不禁问："姜姐，你这手真是赏心悦目啊，平时都用什么护手霜？"

"嗯？"姜窕刷完女孩儿的左半边脸颊，才搁下妆盘，看了看自己那五根空虚的手指头，"百雀羚啊，秋冬用，夏天就油腻了。"

她回话的时候顺道打量了下女孩儿的手。

很小，手指头有点儿粗，可爱的样子倒是很符合女孩儿的年纪。

"就这个？"

"对啊，擦手上的东西，没必要那么高档。"

女孩儿撇嘴："手膜也不用？"

"不用。"姜窕去够桌边的阴影盘。

"真是暴殄天物。"女孩儿白她一眼，呼出一口气，"嗨……我要是有你这样的手，肯定狂做美甲一个星期都不带重样的，每天睡觉前用莱珀妮海蓝之谜精心涂抹，发微博的每张自拍都要带上手才高兴。”她来回晃动自己的手，一副断了手腕的脱力模样，“我的手都丑死了，真想把它们砍掉重长。”

“一点儿也不丑啊。”姜窕答着，头也没回，便精准地从刷包里抽出一根细小的毛刷，取浅棕粉，在女孩儿眼窝和山根的交界处细细涂抹，“只能说，上帝把大部分时间和心思都花在捏你的五官身材上了，手就没那么重视。你看你的鼻子，长得特别秀挺，基本都不用我花精力去打阴影。”

“嘻嘻，你可真会说话。”女孩儿注视着镜子里的自己，露出烂漫的笑容。

女孩儿的名字叫童静年，是个刚出道的小女星。托一则公益广告的福，这段时间声名鹊起。广告里，她扮演一名志愿前往山区支教的女大学生，素面朝天，眉眼若画。

山路迢迢，有时下课后送学生回家，免不了要跋山涉水，披星戴月。

回来路上，下起了沥沥小雨，脚底下湿滑，年轻的女教师不小心跌了个跟头，溅得满身泥泞，狼狈不堪。

她疼得眼眶微红，但还是顽强地扶着腿爬起来，站定后，她回望半山腰，那里有闪动着橘色光晕的小屋，是学生的家。

女孩儿不禁轻扬嘴角，抬手抹去泪珠，泥巴粘上脸颊，也浑然不觉。

也就是这个特写镜头，被刻意放大的青稚面孔，如同滴上晨露的白山茶，美得叫人怦然心动，因而征服了许多观众。

其实生活中的童静年本人刚满二十岁，还未从北影毕业。

这个广告让她一夜成名，人气剧增，接下来的产品代言、影视邀约纷至沓来，算是一炮而红。

童静年的年纪虽然不大，却有个在娱乐圈里摸爬滚打数十载的王牌经纪人，宋老师。

他挑剧本和代言的眼光非常精准独到。整整花去一个月的时间，宋老师才为童静年筛选出一个最适合她的古装角色：少女时期的太平公主。

这部大型古装剧的名字叫《太平》。两个字，简单粗暴。一看就知道剧情是在讲述太平公主的一生。

童静年接下来的试镜也非常成功。

少女身穿日常便装，没有拂地香衫、翩飞衣袂的加持，却也表现得古典优雅，将主角的风姿发挥到极致，仿佛真是一位翩然而至的皇室贵女。

而且她样貌清丽自然，台词功底又相当扎实。

导演当即拍板，少女太平非她莫属。

姜窕就是《太平》剧组的梳化师，她跟组磨炼过几年，外加天赋超群，化妆技术也称得上炉火纯青。

不过，她还不是剧组的首席。有位更厉害的梳化师还压她一头，这就是她的师父。男女主人公的妆容和发型，一般都由这位师父全权负责。

姜窕目前只能算他的一助。

师父这半个月去国外进修，就剩姜窕和几个打下手的新人，大部分的活儿落在了资历最深的姜窕头上。比如这两天，她就要给第一批进剧组的年轻演员化妆。

童静年就是当中年纪最小的那个。

姜窕往她额心打高光的时候，一个剧务小跑到化妆间门口，往里面探头探脑地问：“年轻太平化好了吗？过会儿男主角要来了！摄影说今天就拍他俩的定妆，赶快点儿！”

姜窕撒开手应道：“马上就好，我再给她盘个双环垂髻就结束了，用不了几分钟。过会儿我送她到更衣间，你抓紧让服装师过去。”

“好，我能喝口水吗？”剧务扫了眼地面。

那里摆着一整箱矿泉水，只被人取走了两三瓶。

姜窕刚要答当然可以，童静年已经俏皮地抢过话头：“谁的口水？”

姜窕忍俊不禁。

剧务面露苦色：“童小姐诶，你可别打趣我了。”

“哈哈！”女孩儿闻言，粲然一笑。

大概是有人提到喝水，童静年也跟着发觉自己渴了。她端起旁边的水杯，就着吸管，轻轻抿上一口，忽然想起什么似的，瞪大杏仁眼：“你刚才说男主角，谁啊？”

她唇心一点儿口红遗落在吸管上，像完整的樱花不小心被碰掉一瓣。

从事化妆职业的人都有些强迫症，姜窕忙拿起唇刷替她补匀。

“你们还不知道啊？”剧务蹲那儿拧瓶盖。

由于一直不确定对方态度，男主薛绍的扮演者，始终对外界保密。

导演也神秘兮兮的，没对剧组里任何人说。有人问起来，就摆出一副故弄玄虚的态度，笑眯眯的：到时你们就知道了。

“对啊，小哥哥，你还不快说。”童静年娇嗔，语气宛若浓稠的蜂蜜，滴在人耳膜上。

同是女人的姜窕都听得头皮发麻。

剧务自然更加挡不住，他不再卖关子：“当然是傅廷川呀。”

听到这个名字，姜窕愣住，手上的动作也不由得停息。她胸口一窒，心跳仿佛被隐形的手捞走一拍。随即心房似小鹿乱撞，轰鸣若雷。

“呀……居然是他啊……”童静年拧弯两条秀气的眉毛，没料到对方竟是这样的老戏骨，年轻的新人陡感压力山大，“之前不是传他不演的吗？”

“媒体的话能信？群众的呼声才是收视率的保证。就算傅大帅哥之前真不打算演，最后能抵得住我们佟导那三寸不烂之舌吗？”剧务朝门口走去，“我先走了，傅老师顶多半个小时就到，小姜你准备准备，琢磨下什么风格适合他。”

“嗯。”姜窕强稳住心绪，捋下童静年的发绳。

女孩儿的一头长发立刻淌得满手都是，乌亮柔软，像恣意倾洒的墨流。

剧务说得没错，粉丝支持率在很大程度上决定了剧组选角的最终结果。

全权负责古装大戏《太平》的剧作中心，隶属当今最大的影视集团华启传媒名下，所以不论是主角，还是配角，饰演者的人气自然不能差。

当然，也不会差。

从总导演在微博宣布要拍剧选角开始，就有几万的迷妹痴汉粉丝在评论里疯狂推崇自己喜爱的明星。

顺便造势刷话题，非常热闹。

其中呼声最高的男星，就是傅廷川。

[2]

等候男主角的空暇里，姜窕交代助手几句，就去了趟卫生间。

化妆师经常不得不憋尿，尤其遇上那种特需要耗费心神和时间的妆发，常常三四个小时都钉在原地。偶尔会有演员化完后才大呼小叫不满意，只好卸掉重来。

遇上这种明星，真心苦不堪言。

拍戏本身就是个赶时间的事儿，分秒必争，中途哪能让你随便离场。

所以在日常工作中，姜窕只能尽量减少喝水的频率，找准演员交替的空隙去解决内急。

从卫生间出来，姜窕捶打着肩膀，走向洗手台。水龙头是感应的，她随便挥了下手，就接到一抔清流。

接着挤洗手液，她压出来不少，上妆的关系，难免会有些颜色蹭在手指和掌心上。拍摄时间长，要避免演员脸上过早花妆，所以用来上镜的彩妆总是很拿皮肤，卸起来必定不会轻松。

姜窕垂着眼，仔细搓揉着手上每一处污垢。不一会儿，两只手便粘满泡沫。浮沫的颜色不是干净的白，泛着灰。眼见脏斑去得差不多了，姜窕又用原先的方式挥挥手。

水龙头却没有流出水来。再晃，挨近了，离远了，都不行。

真是奇了，姜窕转到另一个水池。

她和水龙头作着斗争，没留意到，左边的男士卫生间门口，有个颀长的身影，正往这边徐步走来。

一只手不行，姜窕换两只手，放在水龙头下方，专注地来回扇动。她觉得自己像是患上了严重的帕金森症。

难道是泡沫太多的关系？红外线感应不到？

这时，一只股掌分明的手，从她手面上方一带而过，悬空过去的，速度又很快，好似一缕清风。

小型瀑布紧跟其后，浇了姜窕满手。

“冲吧。”男人的声音清朗悦耳。

说完，他就走到她身边的水池。

姜窕忙点头道谢，匆匆冲刷着自己的两只手。

她甩掉手上的水珠，侧目去看这位化解尴尬的热心人士。

男人已经洗完手，正往挂壁抽纸盒处走，只给姜窕一个偏六十度的侧容。

血液骤停，又马上奔流到心脏和大脑，姜窕怔在原处，盯着他。

男人身后是外面的天空，以及庭院。

他逆光行走，轮廓模糊，恍若一匹蹚着河水的骏马。

姜窕耳畔炸开无数声响。

仿佛刹那间，满庭的草木，都开出了花朵。

原来男神也会上厕所。这是姜窕脑子里闪过的第一念头。

傅廷川本人真的好帅！

这是第二个念头，所有的血管和毛孔都在无声尖叫着。

姜窕很努力地冷静下来，为下一步动作做打算：是这会儿就和男神打个招呼，做自我介绍？还是等回头去化妆间了再结识？

现在不讲的话，等会儿他在化妆间看到她，会不会心想，这女的，刚刚在卫生间遇到，还装不认识的样子？啧，真没礼貌。

所以还是喊他一下吧。那么，该怎么称呼他？傅先生？傅老师？

好累。

姜窕的心里百转千回。

也就在这个思考的间隙，她没想到对方会先向她伸出橄榄枝。

傅廷川在纸巾盒前慢条斯理擦手，余光见后面的姑娘一动不动，一直怯怯地站那儿，有些奇怪。他抽出一张新的，回头递给姜窕。

他问她：“怎么，怕我？”

姜窕的脸一烫：“不，没有，我就想等你先用好。”

毕竟傅廷川人高马大，她干吗非得挤到那个小纸盒前面去呢。

“还是我挡着你了？”傅廷川像有读心术一般，让开一段地方。

姜窕赶紧解释：“没，我也不是非要用纸巾，旁边还有烘手机。”

说完话，她就三步并作两步跑到烘手机前边。站定后，她才发现自己都忘了去接傅廷川手里的纸巾。

傅廷川倒没在意这个，只是收回手，笑问：“那你一直杵那儿干吗？”

真是羞愧啊……姜窕一时半会儿想不出别的答案，心一横，清了下喉咙：“傅先生，其实我也在这个剧组工作，是你的粉丝，我站后面就是想等你擦好后，和你要个签名。”

傅廷川了然：“哦……笔呢，我给你签。”

“没……笔。”姜窕这才意识到自己毫无准备。

“我身上也没有。”傅廷川看她，“怎么办？”

怎么办？姜窕停顿片刻，头脑中灵光乍现，一只手摸到衣兜里。

万幸，那东西带在了身上。

姜窕顺势解围：“不过我带了眉笔，用这个签，可以吗？”

“眉笔？”他思忖两秒，扬眉，“画眉毛那个？”

“嗯。”

“可以。”

姜窕松一口气，取出那根资生堂六角眉笔，递给傅廷川。

“签哪儿？”男人看了眼手里这个小铅笔头一样的东西，拧开笔套。

“手机后面可以吗？我套的白色磨砂壳。”她的反应能力达到了巅峰，所有的问题在一瞬间迎刃而解。

傅廷川接过姜窕的手机，翻过去。

还真是纯白的磨砂壳，后背什么东西都没有。

他手指修长，手掌宽厚，捏着这根小小的眉笔肯定有些不得劲。

但还是龙飞凤舞写上了自己的名字。

姜窕接回手机。

傅廷川。

三个字，白底黑迹，特有诚意，和她以前在网上看过的签名一模一样。

行云流水，收放自如。

她不敢把手机放回兜里，生怕布料会蹭掉签名。顺便思考着回去后要不要用什么透明的涂料盖一层，防止掉色。毕竟从今往后，这个手机壳就不再是手机壳了，是传家宝。

“你的字真好看。”姜窕由衷地夸赞。她现在好开心，身体里的每一根神经，都氤氲着满足和温馨。

“签多了都会好看的。”男人把笔还给姜窕。

她边接笔边说：“没想到会在这儿碰到你，只能将就用这个签了，真不好意思。”

“没什么不好意思的。”男人反倒替她解围，“能想到这个方法很……”

手机响了，他话没讲完就被打断了。

但姜窕大概能猜到，他应该是在夸自己。

“好，嗯，耽误了点时间，没，不用接，又不是三岁小孩子，上个厕所还要人接，你干脆来给我端尿吧。嗯，我自己去。”

男神随意讲着电话，她也竖起耳朵凝神静听。

真没想到，傅廷川不光亲民，还这么有幽默感。

姜窕的嘴角不断在上升，快乐像是飞鸟一样，扑腾着翅膀，拼命要挤出胸腔。直到对方挂断，姜窕才匆忙正色。

傅廷川垂眼看跟前这姑娘，问：“你是剧组的，对吧？”

“对。”

“知道化妆室在哪儿吗？”

“知道。”姜窕恐怕是方圆几百里最熟悉那儿的人了，她觉得是时候、也有必要向男神介绍下自己了，“傅先生，我就是你的化妆师。”

[3]

十分钟后，傅廷川坐在妆镜前，三四个人围着他。

戴发套的戴发套，提假发的提假发，还有替姜窕打下手的。

都是女孩子，傅廷川的人气又摆在那儿，她们全部都兴奋死了，打了鸡血似的，叽叽喳喳个不停。

姜窕是主力，她端着一个调色板，在调遮瑕，主要目的是为了盖黑眼圈。

傅廷川注视着姜窕手上的动作。女人的手很美，而且全部动作都在手上。

所以，每个由她化过妆的明星，基本都会有意无意关注一下她的手。

大神也不能免俗。

傅廷川拍戏很少化妆，是圈里出了名的素颜男神。他五官精致，即使不带妆也有张上镜脸，还是张很英俊的上镜脸。

于是，姜窕也没给他擦粉底，做了基本保湿后，直接扫散粉定妆。仅仅一步就搞定底妆。

姜窕能感觉到傅廷川在看她，她一直暗暗提醒自己：要淡定，要专业，不能手抖，千万不能丢人。

与此同时，傅廷川的视线落到她胸口的工作牌上。

“你名字第二个字念 tiǎo 还是 yáo？”他冷不丁问。

姜窕有些讶异，很少有人知道“窕”还有个读音同“瑶”。

“第一个发音。”

“嗯。”

再无下文。

姜窕却暗自得意，她的偶像，果真和网上扒出来的一样，是个台词方面挑不出差错的男星。无论是语气，还是读音。

外加他本身的音色就特别好，高而不嘶，低而不浊，快而不乱，慢而不散。

所以，傅廷川饰演的角色极少需要后期找 CV 去配，大多都是自己配音，或者现场收音。据说他有时还会因为剧本里的病句，用词不当之类的，向编剧导演提意见。

姜窕抬高刷子，在他眼下比了下色。嗯，差不多了。

她说："不给你上粉，我就遮个瑕，到时拍照的话，光一打会更好些，行吗？"

"嗯。"傅廷川平视正前方，神情漠然。

姜窕在他眼下简略画了个三角，又沿着泪沟多画一道，接着喷湿海绵，一点点地按压下去，抹匀那些遮瑕膏。

傅廷川又忍不住打量着姑娘的手。白嫩得几乎晃眼。

每片指甲都修剪得当，没什么长度，可能就超出指尖一丁点儿，端头被打磨得极其光滑，没有一丝一毫的棱角感。

很温润，也很温柔。

手是女人的第二张脸，这话大概不假。

"平常不留指甲？"大概是无聊，傅廷川又和她聊起天来。

"啊。"她瞄了眼自己的手指，"对啊，工作需要。"

傅廷川质疑："我也见过一些化妆师留指甲。"

"是吗，"姜窕替他匀好遮瑕，抬手张开五指看了看，几片指甲确实低调得很，"这个……看个人吧，因为有时候上妆需要用到手指。我技术不精，很怕指甲留长了，不当心会戳到脸，弄得对方很不舒服。"

傅廷川挑眉："技术不精？"

姜窕微窘，这个回答好像有点坑剧组，她飞快地替自己圆话："也不是，就谦虚，算谦虚吧……"

"哦，我明白。"傅廷川很好心地给她台阶下。

姜窕回归正题："傅先生，你唇色深，也盖一下吧，过会儿上个别的颜色的唇膏，气色会好一些。"

长期熬夜拍戏的原因，男人脸色有些苍白，尤其是他面无表情的时候，会显得更加肃穆冷清，像石膏精刻的天神像一般。

"天神像"忽然笑了："我遇到的化妆师里，你话最多。"

"……"

"化妆还带解说。"

"……"姜窕略有些汗颜，其实她对别的明星都不这样的，不说胸有成竹，也绝不会这样唯唯诺诺瞻前顾后。

"你就按自己的打算来，不用问我。"

"好。"

话落，姜窕立即刮了一点粉底状的遮瑕在指尖，点到傅廷川嘴唇上。

她这是习惯性动作，碰上去之后才反应过来！

这好像是男神的嘴唇……触感太温柔，以至于让人想马上缩回手。

日常工作中，姜窕经常会用到手指。在他们职业化妆师看来，这只是很寻常也很好用的“上妆工具”。但今天放在傅廷川身上，好像有些不一样。

姜窕也说不上来有什么不一样。有些冒犯，也有点儿害羞。

有一点儿……像在用手指和他接吻……

但上去都上去了，她硬着头皮也要把遮瑕拍匀。于是，食指指腹就这么一点点轻轻地拍打，从唇心抹到嘴角……

中途，姜窕好像瞥见傅廷川略微皱起了眉。她定睛确认了下，还真是。

难道男神有洁癖，反感别人用手碰他？她触电般松开手，解释道：“傅先生，我手挺干净的，别担心……”

刚刚你也看到我有好好洗手的，她在心里这样补充。

“没事。”傅廷川那种不自在的脸色即刻消散，像什么都没发生过一样。

他很快又说：“不关你的事，你继续。”

“哦，好。”心中大石头落地。

但姜窕也不敢再用手指给他上唇膏了，老老实实换上唇刷。

没过多久，傅廷川的助理进来了。

“好了吗？我们的天然帅也要耗这么久啊？”

“差不多了。”姜窕在思考要不要打阴影，傅廷川本人比在电视上看到的要瘦，脸颊如刀刻般。

算了，还是不要了，不然粉丝们看到定妆照又得心疼。

她微微屈腿，放低上身，端详了傅廷川一会儿，断言：“可以了。”

助理闻言走近，见傅廷川闭着眼，不解地问：“他睡着了？”

“不知道。”怕吵到男神，姜窕低声回答说，“可能在闭目养神。”

男人垂下的睫羽长得逆天，像两把小刷子一样。

“没睡，走吧。”傅廷川霍地睁开眼，从椅子上站起来。

也没道别，抬腿就走。

姜窕望着他青丝飘飘的背影，满眼的不真实感，像是做了一场梦。

去影棚的路上，徐助理跟在傅廷川身后，阴阳怪气地问：“你又犯病了？”

“你才犯病了。”傅廷川回头，作势要捣他一拳。

徐助赶紧避开：“那你闭着眼干吗呢，我一看你在那儿装睡，心想，不好了，估计又变态了。”

傅廷川懒得搭理他。

助理摸了摸下巴：“不过那化妆师的手是真好看，对吧。”

傅廷川没回话，自顾自地走，跟没听见一样。

“真硬了？”

“滚。”

傅廷川和童静年在影棚拍定妆照，剧组所有人都跑去围观了。

男人为看童静年，女人花痴傅廷川。姜窕混在她们造型组的一大帮小丫头里头，默默掏出了手机。

“太帅了好帅啊！我要死啦！”

“你别挤我！”

“你这张拍得好，过会儿微信上传给我啊。”

女孩们窃窃私语，那种要命的兴奋劲儿根本盖不住。

直到佟导扯着大嗓门对着这边呵斥了句：“拍就安安静静拍！吵什么吵！谁敢把定妆照提前流出去我就揍谁！”

年轻的后辈们才噤若寒蝉。

在白色幕布前凹造型的傅廷川望向台下，大约觉得这一幕颇为好笑，不由得扬起嘴角。

“咔嚓！”

姜窕刚好抓拍下这一张。

她飞快地放低手机，敛目偷窥刚刚那一下的成果。

不算多年轻的男人身穿绿色襕衫，体态修长，面颊明亮。他的眉眼深邃，鼻梁挺拔，不自觉的笑容有种年岁积淀的沉稳韵致，绝不会让人联想到“随便”“轻佻”之类的字眼。

积石如玉，列松如翠。郎艳独绝，世无其二。大概形容的就是这一刻。

姜窕想起十二年前，自己还在上初三，有一回晚自习回家后，妈妈在客厅看电视。她跑厨房倒了杯水，一边咕咚咕咚往喉咙里灌，一边装作不在意地倚到沙发上，蹭电视。

那会儿课业繁忙，只能找着机会苦中作乐。

她忘了当时和妈妈有过怎样的交谈，忘了那杯水是冷是暖，唯一清晰记得的，就是电视上正在播放一部古装宫廷剧。

荧屏上只有一个男人的背影。

他正行走于朝堂间，可能是要去面奏君王，他仪态悠然，仿佛采菊东篱下，自在桃源中。

镜头绕了大半个圈，慢慢转回这位青年臣子的正脸。

姜窕在一瞬间目瞪口呆。

她十五年生命所孕育的，关乎异性的全部向往，终于第一次有了一个清晰可见的形象。

那就是傅廷川。

下半年，我们有一个小目标

时间过得好快
转眼 2017 年就过去一半了
于是，我们今天想走励志风
问问大家下半年
都有什么想完成的小目标

【下半年的小计划】
▼

-笙歌-

我真的，一定，必须，要买一个 macbook 了。

为什么会拖稿，因为电脑开机要一分多钟，我实在受不了它这么慢的速度，所以选择不开机，所以我就不能写稿。

为了当一个勤奋的码字机，我决定买一个不需要开机的 macbook。

对，就是这样！完美，努力的理由！

-野桐-

上半年过得太辛苦了！下半年我只有一个目标：花钱如流水！

看中什么，买！不喜欢什么，扔！换个环境好的房子！冬天冷了为了环保烧钱取暖！

对！为了以上，我会疯狂地写稿。

-狸子小姐-

下半年我决定，再也不熬夜了，因为再熬夜我的脸可能就要毁了，所以在下半年，一定努力做到早睡早起，不熬夜，不然，我担心等我以后找到陈诺爸爸的时候，他会因为我的脸而不要我，虽然现在也不一定会要，算了不管了，反正就是坚持尽量不熬夜！

-鹿拾尔-

那我就希望和很久没见的小伙伴见面玩耍吧。

-打伞的蘑菇-

打伞·没有目标没有计划·蘑菇决定下半年学门外语，用以追星。争取能在演唱会上跟着呐喊。

-九歌-

想了下我的目标。

好好练字吧。不说写得多好看，只求不像现在辣人眼睛。

-晚乔-

我有一个梦想，在游戏里努力练手法，成为大佬，然后去参加比赛勾搭我喜欢的大佬。

-曼生-

我下半年的目标，非常正经、朴实、励志、官方，希望可以写出一本自己满意的小说，并且不拖稿……

-W十一-

下半年，去健身房上课，减15斤！去一趟欧洲，买买买！努力写稿赚钱安家！再交一个男朋友。一生的目标都完了！完美！！！

-姜辜-

本人下半年的目标：瘦一点，运气好一点，写稿子的速度快一点，能多去现场看看喜欢的选手和战队比赛。以及，大家都身体健康万事胜意！

-宝妹&小龙女-

希望小花微信平台的关注噌噌噌往上涨，每条微信的阅读量噌噌噌往上涨。

（所以，放肆地看我们的推送啊！点赞啊！留言啊！分享啊！）

-小龙女-

看到大家目标都这么明确，宝妹很感动，跟我说，要不要年底的时候再做个互动，看看大家今天说的目标实现了没。

最后，也请大家分享一波自己在下半年想做的事情。年底的时候，也来反馈一下，是不是已经完成啦。

如果，我们记得，那时候做这个跟踪回访的话！

小花优书荐

2017 年 8 月—9 月上市优品书目

繁花如故　百岁无忧

木当当　著

天然呆科学小青年 | 一心报恩的女妖精 | 沉睡千年的大魔王

故事介绍:

顾时溯一直坚信：我们要相信科学。

在遇到叶袭桑之后——

他崩溃了：这尼玛不科学……

曾许诺系列

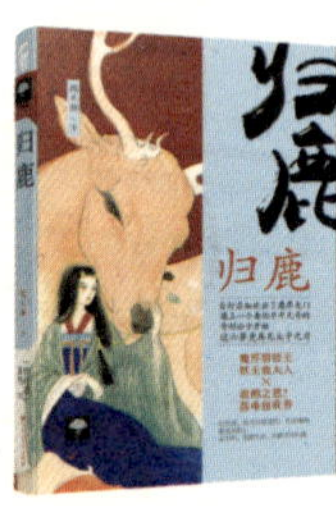

归鹿

糯米糍　著

标签　救鹅之恩 | 落难包收留 | 一颗被撩拨的魔王心 | 妖界之人很长情

故事介绍:

自打孟知欢出了魔界大门，

遇上一个看似平平无奇的青衫公子开始，

这六界竟再无太平之日！

曾许诺系列

灼灼为南枝

我是十三月　著

标签　青鸾 & 钟山之神 | 失去与厮守 | 远古上神入凡世

故事介绍:

且生离开南禺山的第一件事，就是弄丢了钟山之神的眼睛。

请问上神，您愿意接收一只帮您找回眼睛的小青鸾吗？

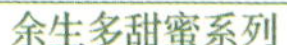
余生多甜蜜系列

那个美丽的傻瓜

东耳 著

标签 异国浪漫奇遇 | 野外原始心动 | 我爱你，一触即发

故事介绍： 外冷内热的野生动物研究专家 VS 被困无爱婚姻的地理杂志首席摄影师
她想，也许一辈子也见不到暖阳，也许倍受酷寒。
可世上总有一个美丽的傻瓜，穿过冬天的风雪，让你温暖，赐你明媚。

余生多指教系列

余生请多宠爱

W 十一 著

标签 高冷禁欲系男神医生 | 一心想要复仇的少女实习生 | 突然开启婚恋模式

故事介绍： 高冷禁欲系男神医生 VS 一心想要复仇的少女实习生
家逢巨变，她从他的世界彻底消失；
再次相见，他只想余生将她带在身边宠爱。

爱不嫌迟系列

春迟

打伞的蘑菇 著

标签 医疗废品回收 | 两小无猜 | 三人游

故事介绍： 医疗器械回收厂厂长的女儿路冬夏喜欢上了想要合作医院的院长的儿子穆迟深，在追求男主穆迟深的过程中遇到了很多莫名其妙的危险，女主终于发现这一切的危险都与自己的父亲相关。最终，穆迟深揭露了冬夏爸爸的恶行，导致他意外身亡。
而路冬夏选择了离开，独自行走异乡……

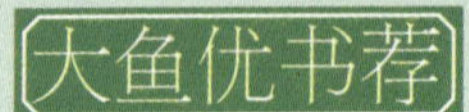

2017年8月—9月上市优品书目

这个世界上，最值得我关心的小事，是你的一颦一笑，一举一动

小情话系列 01

听说你很嫌弃我

鱼子酱 著

标签 灵魂穿越、契约婚姻、甜蜜相守

故事介绍： 剧组专业龙套小妹 VS 恋爱过敏症总裁
契约妻子醒来，莫名换了一个灵魂。
总裁很惊悚！
她跑了一辈子的龙套，却一不小心跑成了他心里的女主角。

听说你在暗恋我

慕璃 著

小情话系列 02

标签 时间漂泊者、伪姐弟恋、执着情深

故事介绍： 时间赠予的最甜的礼物
美貌忠犬心机重 VS 颜控痴汉傻白甜
最佳的撩汉姿势：回到他小时候，陪伴他！
最佳的撩妹方式：高颜值、装可怜、求关注。
只要她喜欢，他愿意在她面前隐藏起所有心机和凶狠，做一个单纯的小孩。

小情话系列 03

听说你很欣赏我

猫三公子 著

标签 双重身份、记忆共享、相爱“相知”

故事介绍： 如果记忆能被识别，你会怎么办？
文学院冷傲才子 VS 生物院软萌院花
她是他的头号书粉，一言不合就吐槽 666 催更
他对她记忆识别，关于她的每件小事都能够觅见

爱不释手

（网络原名：《三梳》）

大明星VS梳化师，七宝酥式撩人互宠

少女心炸裂 / 甜到窒息的娱乐圈文

"傅先生，
对我而言，你永远是最亮的那颗星辰，
不论过去，现在，或者将来。"

"姜窕，
说出来你可能不相信。你有我的世界里最美好的一双手，
你是我一生中只会遇见一次的惊喜。"

【勒口切型、反折】

【粉色真腰封】

策划

大鱼文化 小花阅读工作室

主编

莫峻 苏瑶

执行主编

杜莉萍 胡晨艳

封面设计

水落果果

内页设计

米籽

封面绘制

昕妮

插图提供

栗子、黄小花鹅

校对

嘉平尔

稿件编辑

雪人 蛋壳 小龙女 宝妹 小球猫

感谢本期供稿作者

烟罗 晏生 狸子小姐 鹿拾尔 姜辜 晚乔 七宝酥及互动参与群众